时代长镜头

烟火人家

刘涛 \ 主编

经济日报出版社

图书在版编目（CIP）数据

时代长镜头．烟火人家/ 刘涛主编．—北京：经济日报出版社，2019.12

ISBN 978—7—5196—0635—0

Ⅰ．①时… Ⅱ．①刘… Ⅲ．①新闻—作品集—中国—当代 Ⅳ．①I253

中国版本图书馆 CIP 数据核字（2019）第 301402 号

时代长镜头·烟火人家

作　　者	刘　涛 主编
责任编辑	宫婷婷
责任校对	秦英超
出版发行	经济日报出版社
地　　址	北京市西城区白纸坊东街 2 号 A 座综合楼 710（邮政编码：100054）
电　　话	010—63567684（总编室） 010—63584556　63567691（财经编辑部） 010—63567687（企业与企业家史编辑部） 010—63567683（经济与管理学术编辑部） 010—63538621　63567692（发行部）
网　　址	www.edpbook.com.cn
E — mail	edpbook@126.com
经　　销	全国新华书店
印　　刷	北京建宏印刷有限公司
开　　本	710×1000 mm　1/16
印　　张	16.25
字　　数	193 千字
版　　次	2020 年 3 月第 1 版
印　　次	2020 年 3 月第 1 次印刷
书　　号	ISBN 978—7—5196—0635—0
定　　价	42.00 元

序言
Preface

大时代，小人物

□刘涛

我常常在想，个体与时代相遇，会发生什么，又会留下什么。

时代是一场大戏，每个人都是其中的一个角色，或轻或重。有人拨弄着时代的浪花，乘势而为，成为聚光灯下的宠儿；有人拼命地活着，尝试在历史大幕上投下些许残影。每个人的故事不尽相同，但都无比真实。那些让人泪流满面的叙事，无一不是对真实的真诚演绎。因为，没有比真实更让人动心的故事。

立足人物，走近时代，一个绕不开的认识命题就是历史及其叙事。我们需要什么样的关于历史的叙事？进一步说，小人物的故事和命运，是否被讲述者置于正当的历史位置上？

什么是历史？历史就是一部分人告诉另一部分人过去发生了什么。“一部分人”是谁，“另一部分人”又是谁，通过何种方式“告诉”对方，这已经超越了简单意义上的信息传播命题，而是在回应更大的“历史叙事”问题。历史叙事的常规操作是，首先按照主流意识形态的规约，确立重大事件、重大议题、重大人物，然后在时间维度上发现、建立，甚至重构它们之间的逻辑勾连，使其成为一种相对封闭的叙事。

为什么关注小人物的微观记忆？因为我们致力于打开历史叙事之外的另一种可能，打捞通往历史话语的另一种“言说方式”。必须承认的是，记忆是对宏大历史叙事必要的补充和延伸，它赋予坚硬而冰冷的历史一定的温度和细节。当历史超越了纯粹的“话语”维度，获得“人”的视角和叙事，这样的历史才是丰满的，冒着“热气”的。

与此同时，记忆虽然微弱，缺少逻辑，却保存了历史叙事所不具备的“另一副面孔”。相对于历史叙事所提供的理性、结构性、逻辑性和总体性，普通人物的微观记忆是感性、碎片化、非连续性的，其与生俱来的属性就是对逻辑和话语的拒绝。打捞那些被主流叙事忘却的微观记忆，有助于我们建立一种高贵的反思框架，从微观命运中审视历史的话语及其合法性，进而与宏大话语保持一定的公共距离。所谓的历史担当，恰恰来自于我们对历史及其叙事的完整认识。

因此，历史叙事与微观记忆的“相遇”，可以是一种携手共进的状态与过程。贾平凹说：“你在写一个人的故事的时候，这个人的命运发展与社会发展在某一点交叉，个人的命运和社会的时代的命运在某一点契合交集了，你把这一点写出来，那么你写的虽然是个人的故事，而你也就写出了社会的时代的故事，这个故事就是一个伟大的故事。”

五年前，我们穿越十年中国，记录时代的瞬间，出版了两本学生新闻采写作品集《100 个人眼中的中国十年 · 记录》和《100 个人眼中的中国十年 · 行走》。这是不同于主流媒体的另一种叙事，一百多篇文章，无不聚焦“大时代，小人物”这一主题，思考个体与时代的相遇“方式”。

五年来，风云变幻，宏大议题接连上演——2015年抗战胜利70周年，2016年红军长征胜利80周年，2017年香港回归20周年，2018年改革开放40周年，2019年新中国成立70周年。我们昂首迈入了又一个“大时代”。过去有太多值得感慨的故事，而我们依旧相信，最真实、最有力量的中国故事，岂能绕开人的命运？个体的故事和命运里，保留了关于时代的所有注解。

一位老人，从普通农民到全旗第一位“万元户”，在时代浪潮中，千难万险，又柳暗花明。

一个农村孩子闯出山林，当上令人称羡的医生。殊不知，他是在强辐射的伤害下坚持着日复一日的手术，而其收入远比不上这份付出，有时候还要面临患者的不理解。

一个缅甸姑娘，偶然接触了汉语，却单纯地因为热爱而放弃上大学、当工程师的机会，来到中国求学，立志从事汉语教育。

农民、医生、学生，都不过是你我身边的小人物，却又都带着大时代的烙印。小人物的切身经历，才是时代最真实的反映。透过他们的故事，我们或许能拼出一幅更完整的时代图景。

冯骥才说，以我的感受，大人物的经历不管多么跌宕起伏，也不能和小百姓相比。大人物的问题总容易解决，小百姓们如果没碰对了人，碰巧了机会，也许很难遇到命运的晴天。

2019年，恰逢新中国成立70周年，一个时代的流金岁月在这一刻彰显。我们自豪地回望过去，始终没有忘记“大时代，小人物”这一主题。多年来，我一直教授《新闻采写》课程，我和学生们努力走进小人物的生命，聆听他们的故事，尝试为百年后的中国留下一些真实的往事、一群可爱的面孔、一段宝贵的史料。

于是，我带着学生反复打磨，屡次修改，最终呈现给读者《风雨路》

《铺路石》《浮生掠影》《烟火人家》《新青年》五册新闻采写作品集，命名为“时代长镜头”系列。我们的思路非常清晰，即寻找个体命运与时代脉搏之间的共振，并通过“长镜头”的方式，将这种共振状态完整地纪录下来。

长镜头在电影中是一种特殊的表达方式，即用单个长时间拍摄的镜头而非切换的镜头来进行表达。连续的时空中，长镜头聚焦、定格，喜怒哀乐、世间百态、人间烟火，刹那永驻，沉在历史的长河中。斑驳光影掠过，我们试图留住片刻。对于时代变化的展现，我想，让更多小人物出现在镜头里，就如同把被遗忘的碎片放回到时代的拼图中，呈现出时代的细微之处。

我们期望，在这里，你能看到社会百态、风雨人生。在这里，时空交织，瞬间即是永恒。在这里，看见瞬间，理解中国。

“山上层层桃李花，云间烟火是人家。银钏金钗来负水，长刀短笠去烧畬。”刘禹锡笔下的山景之美，来自山村人家的劳动之美。《烟火人家》一册记录的正是这样一群为未来奋斗和坚守的人，分为“恒”“守”“归”“根”四部分。一位突发摄影记者把自己比喻为空降兵，一个电话指哪奔哪，曾雪夜追车，曾走入汶川，曾逼近日本福岛，只为记录和展示真实。一个农村青年早年漂泊，最后选择回到乡村当教师，是转折，也是人生归宿，更是一辈子的责任。两位印尼华侨年少时不约而同地回国，投身祖国建设，只为那颗赤子之心。怀揣相同梦想的两人渐渐走到一起，成了眷属，携手共见证祖国的发展。两人初心未改，终收获了当下的安逸幸福。

但努力拼搏的过程往往是不平静的。不可阻挡的时代潮流涌来，小人物浮浮沉沉，顺流而下。在这些漂浮的人生中，我们摘取了努力适应潮流、拼命向前游动的故事，分为“磨”“炼”“绽”“放”四部分，收录在《浮生掠影》中。改革开放潮流中，一个来自小山村的青年顺流南下到深圳打拼，从当工人到卖猪肉再到边卖猪肉边打零工，一心想在深圳买下一套房，成为真正的深圳人。1977 年，中国恢复高考制度，另一位农村人盼来了出头之日，殊不知这条路走得格外曲折，所幸最终也遂了改变命运的愿望。

回顾这一路，风雨兼程，砥砺前行。时代的发展不总是一帆风顺，小人物的或悲或喜是他们的，也是时代的。段段前进路上的挣扎、坎坷、曲折被收录在《风雨路》中。有一群人，他们想要把家安在城市，但又深知自己的根在农村，一直在往返，渐渐迷失，留不下，也回不去。有一群人，在岗位上兢兢业业，但问题说来就来，也不知是自己不够努力，还是造物弄人，有的人选择随时代浪潮走，有的人则坚持走自己的路。这些磕磕绊绊的人生故事分别以“田园将芜胡不归”“山重水复疑无路”“千磨万击还坚劲”三个篇章在《风雨路》中呈现，以窥见和反思时代前进中的问题。

风雨不停，但还好有默默奉献、甘当铺路石的一群人在为时代的未来铺设一条康庄大道。诗人左河水如此描写铺路石：“许身路径亦凌空，烈日冰霜伴夏冬。承踩扛压迎送乐，为因大众赴前程。”他们或在用一生守护前人留给我们的文化遗产，或在社会主义市场经济体制下开荒拓土，或在基层岗位上奋斗拼搏，不为人所熟知，却用心血和汗水为中国发展打下了坚实基桩。这样的故事被集结在《铺路石》一册中，该册包括“时间走过”“扬起风帆”“跌宕起伏”“栉风沐雨”“生生不息”五部分。

凡为过往，皆为序章。回望过去是为了更好地计划未来，而那颗不安于现状的心正是新潮流的起点。因为钟情于表演，她不甘受限于家庭条件，在网红圈努力开创自己的道路；因为执着于独立调查，他蜗居于 7 平方米的家，艰难经营自己的自媒体平台；因为痴迷于摇滚，他不愿囿于安逸的生活，拿起鼓槌奏起独一无二的人生曲。《新青年》中这样的青年人物比比皆是，他们躁动不安的心既为时代所形塑，也推动着时代的前进。该册包含“时间的沙”“上帝的门”“心里的锁”“船上的人”四个篇章，叩问心灵，寻找梦想。

在时代的巨浪中，小人物浮浮沉沉，或拥有美好回忆，或留下遍体鳞伤的痛苦，但他们的故事都印证着社会浪潮的翻滚、岁月流过的痕迹。闭上双眼，过往的时光一幕幕闪现于脑海，缝合起来便是人生的片段。拿起笔，鲜活的故事一段段跃然纸上，收录成书便是时代的缩影。

70年，有人沉默，咬牙在绝境中披荆斩棘；有人坚忍，负重在潮流中奋力前行；有人勇敢，迎变在迷雾中努力探索；有人智慧，借机在变革中脱胎换骨……

道不尽人间烟火，数不清浮生掠影。“时代长镜头”系列丛书的出炉，离不开多年来参与稿件编辑和校对的学生们，他们是朱思敏、刘倩欣、蔡楚萍、许诗颖、关星杨、邹露、金雅如、赵媛媛、卢琳绵、连紫嫣、陈雪仪、郭美婷、董欣迪、梁思华。

时代长镜头里，记录着“大时代，小人物”的风雨人生。70年，我们带上厚重的过去，朝着梦想再出发。

往事，再回首；烟火，是人家。

是为序。

目录
Contents

Chapter Ⅰ 恒 / 001

时代背面的记录者 / 003

但存方寸地，吾不计前程 / 011

与时代一同转身 / 019

双簧管成就了他的一生 / 027

风雨写忠诚 / 033

战斗的一生 / 040

见证深圳速度，包租婆黄姐的十年机遇 / 048

Chapter Ⅱ 守 / 055

屏息听曲，怎料人生如戏 / 057

关关难过，关关过 / 063

一名乡村教师的沧海浮沉 / 071

“的哥新人类”的五年的哥路 / 079

和过去的自己说 / 085

三婶 / 092

那些春风又化雨 / 098

父亲的青葱岁月 / 108

Chapter Ⅲ 归 / 113

浪潮里的摆渡人 / 115

心灵深处的敬畏 / 121

外派船员的日子 / 125

印尼华侨的归乡之路 / 133

援建吉尔吉特 / 140

三十八年路 / 150

阿全 / 157

回高原去 / 167

Chapter Ⅳ 根 / 177

这一路，走走停停 / 179

玉树的那场地震 / 188

猎德牌坊下的前世今生 / 193

为家与国转动双腿 / 200

70 年蜕变 / 207

期盼春风早度幼师行业 / 213

六婶的前半生 / 221

平凡海关人的漫漫三十载 / 230

流浪教师 / 239

一道打口，几番动身 / 242

Chapter Ⅰ

恒

时代背面的记录者

“在混乱的突发事件现场，谭伟山要求自己更冷静，这样才能突破现场封锁，突破重重障碍，直抵新闻事件的核心。就像他自己说的那样，没有什么能比一位突发摄影记者更能体会到什么叫‘直面惨淡人生’。”

站在最高的树上

1977 年，谭伟山出生在广东电白县谭屋村。这里只有一所小学，只有一个卫生站，大部分人都姓谭，连亲带故地掰扯不开。

谭伟山的童年无甚稀奇，但是有一点格格不入。

那时候，电白县各地涌出一批生产队，自发将集体耕地包干到户，谭伟山的父亲就在这样一支生产队里，县里面一些领导干部视为“走资本主义道路”。

此后，谭伟山经常被村里的小学生叫成“走资坏蛋”，日子并不好过。

村里最高的一棵树有六七米，那时谭伟山个子还瘦小，喜欢爬上树顶随风飘摇。站在树顶，在树最高的地方，海风使劲地糊在他脸上，咸而湿，有时糊得人睁不开眼，但他可以看到大海、县城，还有那些他说不上名字的地方。他暗自发誓，要去远方，去那些他叫不上名字的地方。

有一次，谭伟山和同学打架，但父亲没叫他给人家上门道歉，只是问他想不想出去。他几乎没怎么思考，就说好。很快，他被父亲送去县城读书。

他会画画，也想画画，去了县城就当美术生，初中毕业顺风顺水考进广美附中。美术生每年都会下乡采风写生，所以谭伟山读书时就去过湘西凤凰、安徽宏村、陕北佳县和内蒙古等地。

下乡写生比旅游有趣多了，谭伟山和同学一般在一个地方至少要住个十天半月，每天对着风景或者老房子画半天，住十几块钱一晚的县招待所大通铺，中午饿了就在老乡家里吃饭。90 年代的黄土高原，小县城佳县，他们每天早上花一块五吃一碗羊杂碎，然后坐上三轮摩托车下去各村里画画，漫山遍野都是枣树，走到哪吃到哪。有一家院子里的团枣特别脆，每个都有鸡蛋那么大。学生们使劲夸枣子好吃，结果老乡摘了两袋送给他们。中午几个同学在老乡家吃了碗面，人家却死活不肯收钱。于是谭伟山就和同学把十块钱压在碗底，揣上枣子就跑。

不仅仅是人走得远，精神也渐行渐远。当时的广美附中是四年制的高中，一半时间文化课、一半时间专业艺术课，学生们和美院的学生一样在完全开放的环境里，奔放地生活着。《阳光灿烂的日子》上映的时候，广州并没有很多院线，结果谭伟山班上一半的人翘课去看，愣是包了场。美术鉴赏课上老师会放法国新浪潮的电影，从特吕弗到戈达尔，自由自在地没了天与地。就连在画室里面上专业课，音乐都是放窦唯，那个时代最前沿的摇滚艺人就这样走进传统，走进艺术的课堂。

那是一段除了画画、读书没什么好想，又似乎什么都泛着遐想的岁月，谭伟山还是想了很多。他常常在宿舍熄灯之后，倚在透着月光和路灯光的窗子旁边，翻一本《黑镜头》，翻到烂了，然后是《世界摄影大师》系列，从此一发不可收拾。少年人的心痒，手也痒。

谭伟山有一个弟弟小他一岁多，但两人同一年参加高考，一起考大学。当年正逢广州艺术学院最后一届师范类免学费，每个月又有补贴。父亲把谭伟山单独拎到一边，只说了一句，你是做哥哥的。

本来想考广州美术学院油画系的谭伟山做出这个决定后，向父亲要钱买了一部尼康 FM2。

新闻现场的空降兵

大一时，谭伟山的兴趣完全从绘画转向纪实摄影，大二时就开始跟随颜长江实习，学习新闻摄影。2002 年大学毕业后，他进入广州日报集团下的《赢周刊》做记者；2003 年，进入南方都市报摄影部，跑了7年24小时热线突发摄影记者；2011年参与组建南都音视频制作部，统筹拍摄新闻纪录片，现任南都视觉新闻部内容总监。

对谭伟山来说，童年的跑动是对远方、对未知的天然好奇；做记者后的跑动，更多是一种突然的空降感，一个电话，人就要指哪奔哪。

2005年松花江水污染事件，谭伟山从广州飞哈尔滨，一下飞机就被冻惨了。当时广州二十多度，哈尔滨零下十几度，风一吹只穿一条牛仔裤的腿就像挨了刀子，所以赶紧哆嗦着去买一套保暖内衣。习惯轻装上阵后，除了工作必需的装备，身上带钱就行，能在当地买到的东西当地解决。对他来说，只要进入工作，除了镜头，一无所有，四海为家。

从哈尔滨到北京游玩中，谭伟山又接到电话：黑龙江某地发生矿难。一赶到牡丹江，出机场就遇到大雪高速公路封路。于是在厚厚积雪的国道打的士从半夜开到天亮。当时煤矿厂一开始瞒报死亡人数，谭伟山借了一件军棉衣，半夜和另一家同行租车守在矿区数搬运的尸体。凌晨三点，他们跟着运尸体的卡车跑了三十多公里到另一个县的殡仪馆，一路上天空飘着雪，是一段很诡异的夜路。到殡仪馆，他们让司机不熄火，大摇大摆地闯进去拍照，拍完上车就跑。

雪夜追车，闯殡葬馆，镜头数尸，全身而退。对谭伟山来说，这些只是家常便饭，是突发摄影记者的常态。天天在路上跑，发生车祸他们去现场、发生火灾他们去现场、发生凶案他们也在现场。有时，他们甚至比警察、医生去得还快。那个时候，南都摄影有个不成文的守则，重大事件24小时内必达现场。

2008年，缅甸飓风造成十几万人死亡。缅甸那时候还是个军政府管制国家，当年能进到缅甸的外国人非常稀少。谭伟山和同事抵达仰光时，外国人必须居住在指定的几家星级宾馆，街上到处是持枪的军人维持秩序。

为了去现场，谭伟山自己不抽烟，但在昆明办签证时，他特意买了点儿烟。在缅甸路上过关卡被拦的时候，就送两包烟给那些军人。就这样一路送完了两条云烟。

在灾民集中的寺庙，他掏了全身大半的现金，捐了几万缅币，大概是100多块人民币，结果全村的喇叭都在广播，感谢来自中国的客人。几番回忆，仍觉动人。

在缅甸第四天，汶川地震了。

在缅甸第七天，谭伟山结束了原定的采访任务，采访完后想尽办法赶到成都。由于余震不断，在成都第一个晚上是在街头小吃店度过的。老板和他面面相觑，气氛凄惶，两人都无言。隔日，天蒙蒙亮，谭伟山揣着相机，继续赶赴灾区。

汶川地震那年南都去了几十个记者，大部分记者要么驻守都江堰，要么在赶往震中映秀的路上。领导派谭伟山和文字记者去当时还没太多关注的北川县，而那里才是汶川地震死亡人数最多的地方。

当时谭伟山和同事都在汶川倒塌的废墟跟随民间救援队一起救援幸存者。不多时，带的干粮和水都用尽了，而直升机空投的食物散落在两边的山上，由于地震造成山坡土石松动，谁也不敢去捡。

一个北川十几岁的孩子从废墟中找到一个小卖部，从死人堆里扒拉出饼干和饮料，记者和救援队都吃了。他们开玩笑，吃过死人堆里的食物，都不怕鬼了，只要有人能活下来的地方，他们也能生存。就这样哭着笑着继续下去。

此后，谭伟山赶往现场前准备更加充分，“操作上是，心理上也是”。

2011 年 3 月，日本发生 9.0 级地震。谭伟山和南都派出的其他记者在一天之内拿到日本领事馆的加急护照签证，带着海事卫星从中国香港转机到东京。

出机场和在日本的志愿者对接上了后，第一件事是租车，第二件事是采购食物把车后备厢装满。驱车逼近福岛时，福岛核电站泄漏的消息传来，报社要求记者必须离开。他们第一晚去了岩手县的避难所，但太多灾民挤在一起，于是他继续北上。

当时通往福岛的高速公路封路了，日本交警听说是中国的记者，直接给了一张通行证。在高速休息区，他们还遇见了参与救灾的日本自卫队军人，自己排队掏钱买食物。在灾区，水电煤气断了，日本人就劈柴生活，没听见过哭声。一个十几岁的小女孩在废墟上寻找还能用的物品，见到他们也是鞠躬，对着镜头微笑。

在日本的第二天，谭伟山和同事赶去地震后海啸冲击最大的大船渡，那里已经是福岛以北 100 公里。目睹了许多，也拍摄了许多，核辐射的阴影一日日在众人头上集聚，但那天晚上大家一起吃了烤牛肉，一切照旧。

在日本的第三天，国内外已是一片闻福岛色变，于是继续往北撤离，终于到了北海道。由于有高山遮挡，不用当心辐射。但前有辐射，后有余震，他们不得不撤离。

站在城市最中央

现在的谭伟山是一个看上去寡言、没什么表情也没什么个性的中年人，他有一对双胞胎女儿，谈起心爱的孩子脸上会遮掩不住笑意，很难想象这样一个人十几年前会是部门出名的暴脾气。

2003 年，谭伟山进入南方都市报摄影部，成为一名热线突发摄影记者，每天跑 24 小时，一跑就是 7 年。每天，谭伟山都在等待一个电话。等待一个把他带到突发现场的爆料电话。他从城市的一个角落跑到另外一个角落，从一个车祸跑到一个火灾，从一个打斗的场面跑到一个凶杀案的现场，左闪右躲、前突后冲、“长枪短炮”“上蹿下跳”。

拍的最多的还是广州。

作为一个普通的市民，谭伟山喜欢这里繁华、方便、兼容和舒适。但作为一个突发新闻摄影记者，他不可避免看到了一些阴暗面，谭伟山有很多时候都是对自己说，也只能对自己说，这只是一份工作。

他会把一个死者拍得很美，因为她的死是一生时间最后的定格。

他会拍摄一个打人的场面，但至今依然记得按快门手指的发抖。

他拍过很多弱势群体，也曾经有过伦理的迷思，但最终还是觉得尽量去“平视”他们，用最平常的角度消弭镜头必然的侵犯性。

每个人都能从其他人身上看到自己的影子，所有人都可能成为别人。不要拔高，也不用放低，“平视”就好。

在混乱的突发事件现场，谭伟山要求自己更冷静，这样才能突破现场封锁，突破重重障碍，直抵新闻事件的核心。就像他自己说的那样，没有什么能比一位突发摄影记者更能体会到什么叫“直面惨淡人生”。

真实太过于真实，当它们交织在一起时，却又变得不真实。

谭伟山不相信时间可以抚平伤口，但他并非纯粹的悲观者。他谈起电影《绿皮书》，看 20 世纪五六十年代的美国。即便那对黑人来说是一段异常黑暗的历史，但每一段历史都有这样黑暗的时刻，他坚信，历史会往良性的方向发展，而且也正在往良性方向发展。

谭伟山给我们呈现的是一个城市，一段生活，一个个生命，他们生或死，他们哭或喊，那里面是不折不扣的人世。

直到今天，我们的城市仍不可避免地出现伤口，但它同时也在慢慢地愈合。我们揭开华丽毯子霉斑密布的背面，记录城市的背面，却从未停止盼望向阳的生长。

（文 / 金雅如）

但存方寸地，吾不计前程

第一次见王前程是在饭局上，印象他是个沉稳的人，比他小点的，他们叫他“王哥”，比他大点的，他们叫他“前程”。

第二次见他是在某医院心内科的病房。彼时，他正例行查房。最后查的那床病人据说是个高级知识分子，十多年前就放了支架，现在放过支架的血管又堵了。病人的老婆说：“他就是不听话，戒不掉烟，有时还忘了吃药。”医生们笑着摇了摇头，“都这样了还不赶紧戒了啊！”医生能做的也是有限的，病人就是不听劝能怎么办?

了解完病人情况，安排好后续治疗，早上的查房算是结束了。跟着大伙儿往办公室走，没走两步王前程又折回病房，搜出了病人的烟，“我没收！”

我当时想，这个人有点儿意思，他大概是真的喜欢干这行。

“我认准的路一定会坚持走下去”

王前程在河南农村长大，小时候，长辈问他长大想干什么，他会回答当兵或者当医生。他学医的初衷很朴实，就是希望家人朋友生病时能有办法，能帮忙看看。

2007年，本科毕业的王前程成为一名血液科大夫。血液科大部分患者是小孩儿，且大都是重症患者，工作了一个月，王前程发现这些孩子的结局往往比较悲剧：经过漫长而痛苦的治疗，最终还是回天乏术，落得个人财两空。“我接受不了。感觉自己学医治病救人没有帮到别人。”一般定下科室后要待上至少半年到一年才能出去，但他只在血液科待了短短的一个月就申请去其他科室轮转。

轮转过程中，王前程发现心脏科病人预后通常不错，短时间内能挽救病人生命，很有成就感。起初他想去心外，外科手术效果立竿见影。可惜心外的主任觉得王前程的性格不太适合当外科大夫，后来折中，他成了能做手术的心内科医生。

王前程主要做PCI（经皮冠状动脉介入治疗）手术。PCI手术是微创手术，通常穿刺桡动脉或股动脉，将导管沿桡动脉或股动脉路径送至狭窄的冠状动脉口，然后沿导管送入导丝，再沿导丝送入球囊扩张后进行支架植入等等一系列操作。用王前程的话说，“病人躺着进手术室，做完手术回到病房马上能跑了。”虽然提前知道这些，亲眼看见病人自己举着点滴走出手术室的时候我还是吃了一惊。

培养一个优秀的心内科手术大夫的周期很长。做手术需要一定天赋，更需要一点一滴的经验积累。“很多人怕苦、怕累，不愿意跟老师配台做高难手术，看到要做 CTO（冠状动脉慢性完全闭塞病变）他们就到楼下溜达去了，我上台了他们才回来。”王前程不生气，也不认为这是不公平，“人不能怕吃亏，吃亏是一种资源的储备。大家心里都有杆秤。”

2015 年，得到认可的王前程被派到外院做手术。就这样，他到了广州，碰到了现在的导师。手术对于王前程来说不是个问题，从 2012 年 5 月在北京阜外医院进修开始做 PCI 至今，王前程已经做了 4000 多例 PCI 手术。“我敢说全国我这个年龄段的医生里，我做导管的技术是数一数二的。”王前程有这个自信。但科研不是他的强项，他想提高自己的科研水平。而立之年，上有老下有小，是否南下读博是个异常艰难的决定。好在有家里人的支持，2016 年王前程成为某医科大学所属医院心内科的一名博士研究生。

大量的实践造就了王前程过硬的技术，连他导师都对病人说：“让王大夫给你做，他做得好，用的东西少，能给你省不少钱。”王前程的性格是有点儿较真儿的那种，做手术更是追求完美，“我能干的事儿一定要干到最好”。有时候为了坚持自己认为对的东西他不惜让领导下不来台。有回师弟操作不够规范，领导认为可以继续手术，王前程当场就把领导怼了。“他（师弟）叫我一声王哥，我就得对他负责。出了问题肯定找他，我得保证他的安全。”

谈及对以后的规划，他说：“既然选择了这条路，那就只能坚定地走下去。”

“不热爱这行肯定坚持不下来”

医院内科楼一楼有一扇经常紧闭的金属门，上面醒目地贴着“当心电离辐射”，门内是介入手术室，是王前程每周二和周四忙碌的地方。听说我想进手术室参观，王前程的师兄弟开玩笑说：“在外边看看就得啦，那地儿我都不敢进。”介入手术要在血管造影机下进行，造影机的射线对人体伤害很大，尤其对增生较快的组织（如角膜、甲状腺、性腺等）。1982 年出生的王前程才三十五岁，头发却已经花了，“这几年，你看我这上边头发白了一半。”

介入手术室的医护人员有一个别称——“铅衣人”。为了尽量减小辐射对身体的伤害，介入手术室的医生护士都要穿铅衣、铅帽、铅围脖，佩戴防护镜，这一套家伙什将近四十斤。因为太重，挂铅衣的不锈钢衣架直径是普通衣架的好几倍。我试着披了件铅衣，不到十秒就受不了了。压得人喘不过气儿，像是在几十米的海里深潜。

介入科的人穿着铅衣倒好像还挺轻松。已经不年轻的手术护士长穿着铅衣依然走路带风。我问她累不累，她说：“你说我累不累，我椎间盘都突出了。”护士长脱下铅衣的时候后背的衣服湿了一大片。“刚开始穿上四五个小时，第二天腰疼得站不起来，两个肩膀被压得抬不起来手，晚上回家，膝盖也酸疼。站一天脚后跟缺血，路都没法儿走。”

据美国心血管造影和介入学会（SCAI）研究，对平均从事心脏介入工作达 16 年者进行的职业健康调查报告显示，半数医生有骨科相关职业病，其中腰椎受损占 34.4%，颈椎病占 24.7%，其他骨关节病占19.6%。

铅衣主要是保护甲状腺、性腺、乳腺及造血器官等部位，手术中医生的四肢、面部等还是暴露在外。据说铅衣只能吸收大约50%的射线，剩下的射线还是会进入人体。有数据表明，“吃射线”导致的最常见疾病有白内障（5.5%），皮肤相关问题（4.8%）及血液系统疾病和癌症（4.8%）。

说白了，“铅衣人”们是在拿自己的健康换病人的健康。

王前程的铅衣是导师送给他的，天蓝色的铅衣上贴着他的名字。这套三十多斤重的衣服王前程一穿就是一天，从早上八点到晚上八九点，有时候甚至到凌晨，除了吃饭几乎不脱。11：50上午第二台手术结束，12：00王前程开始端着盒饭狼吞虎咽，不到12：10吃完。还没来得及消消食儿，他又披上“战袍”上台了，12：25第三台手术开始。为了保证手的准头儿和操作的精细度，术中医生是全程站立的，只有换台的时候才能稍微坐下歇几分钟。仅有的休息时间王前程也不闲着，他通常会帮忙盯一下其他医生的手术。手术室内外可以靠对讲交流，“（机头）抬一点儿，要碰着病人头了”。

介入手术不但身体上辛苦，精神上更需要高度集中。这种手术对医生的技术要求极高，进入血管后，导丝的走向全凭医生双手对力度的把控和对血管情况的判断，稍有不慎，就有可能刺破血管。虽然是微创手术，但毕竟是在心脏这么敏感的地方动刀动枪，术中可能突发各种情况、各种并发症。“有的高难手术，一台要四五个小时，一台下来衣服都湿透了。这种手术更是要非常耐心、非常热爱，愿意去奉献自己的人才会去做。”“不说那些脑力劳动，就让你穿这么沉的衣服站四五个小时你也受不了。有时候做一天回去真是累得话都不想说。”

第三台手术是一个血管格外曲里拐弯的病人，隔着玻璃看的医生都说“得亏王大夫技术好”。大概下午1：15，第三台手术结束。王前程下了手术台，看见我说：“你要是没啥事儿就回去吧，手术室外也会散射线的，吃多了（射线）不好。”不知道是不是出于心理作用，我真的感觉头疼恶心，难以想象那些医护人员是怎么坚持下来的。

几乎有手术王前程就上，我问他，为什么不推掉一些手术呢？他说：“总要有人做。”“我也喜欢做这个。能做自己喜欢做的事儿，很多人都做不到这点的。”王前程没觉得自己多高尚，只觉得在做自己热爱且擅长的事情。

“感觉挺对不起家人的。”王前程的朋友圈里除了医学相关内容就是他的两个孩子——儿子今年上学前班，女儿刚满一岁，一儿一女看着都很可爱。“您一家子都在广州？”“不，在河南呢。广州房价这么贵，哪儿养得起啊！”一南一北，孩子们三四个月才能见一次爸爸。“很惭愧啊，两个小孩儿都没怎么管，辛苦了媳妇和父母。”从2012年出去进修到现在，王前程主要是在学习，没挣什么钱。导师人不错，每月给他发些生活费，博士生的补助平均每月一千多，这点儿钱能养活自己就算不错了。“朋友结个婚，份子钱都随不起。什么活动都不敢参加。”

王前程的师妹很羡慕那些学了别的专业已经工作了的同学。“人家本科毕业就出来工作，现在在汇丰银行，月薪近十万，已经买了房。我呢，还在拿家里的钱读书，而且还要再学至少三四年，学完出来也挣不了多少钱。”当她还在为买不买两三百的裙子纠结的时候，同学买上千的衣服、化妆品眼都不眨一下。“感觉我们已经属于不同阶层了。”

不像白领朝九晚五，医生的工作时间没有保证。“值夜班的话根本睡不了一个囫囵觉，能睡一两个小时算不错的。一个科室这么多病人，病人睡不着觉什么的都得找你。”关键值完夜班第二天也不能休息，多数医院医生不够，排不出倒休时间。

对于王前程这样一个以帮助病人为最大快乐的理想主义者，不被病人理解或许比物质上的不富裕和身体上的劳累更让他难受。

心内科的大夫压力很大。心内科的病人往往起病急，有的病人年纪轻轻，昨天还谈笑风生，今天突发急性心梗，转眼人就没了。生老病死是自然规律，就像“有时去治愈，常常去帮助，总是去安慰”说的，很多时候医生只能延缓病情，改善病人生活质量，可很多患者和家属不能理解，他们觉得交了钱看医生病人就不能死。一些患者和家属的不良情绪发泄到医生头上，而在医患关系紧张的大环境下，医生只能忍气吞声。

敏感的医患关系使很多优质人才对学医、行医望而却步，同时也绑住了医生的手脚。医学是一门科学，科学的进步基于不断的实验和实践。“有些不治之症就得不断尝试，才能有新的突破。”病人不信任、不配合医生，医生就只能选择更保守的治疗方式，长此以往，临床治疗方法怎么能有创新？

费力不讨好，进入这个行业的人自然就少了。据《全国卫生计生财务资料》显示，2015 年公立医院在职职工人均年工资性收入 8.9 万元。常态化的超强工作负荷却得不到与之对应的报偿，很多小大夫甚至还在温饱线上挣扎。

最后我问王前程："那您对现在还满意吗？"他笑了笑，"还行吧，我是比较乐观。"中国医师执业状况调研报告数据显示：仅有 7.44% 的被调查者认为当前医师执业环境"良好"；有 44.82% 想放弃医师职业；有 91.9% 认为自己付出与报酬不相符。但纵然是这样，大多数医生还是在他们的岗位上兢兢业业。大概他们还是放不下心里治病救人的热忱，也留恋病人被治愈时的笑脸。

（文 / 杨茜雯）

与时代一同转身

1991 年夏天的一个午后，正当穆云凯在友谊商店柜台后面码货的时候，一个熟悉的面孔朝他打了个招呼："穆老师？您怎么当售货员来啦？"

彼时的穆云凯刚刚拿到暨南大学 MBA（工商管理硕士）学位，毕业后成为一名销售岗位的实习生。在校期间，他曾为导师代过课，而来人正是他所教过的众多学生之一。

穆云凯揩了一把汗，目光不由自主地望向自己胸前别着的白色实习生胸牌，在一瞬间，他有点想把胸牌扯下来的冲动。"我嘛，就是来体验一下生活的，不是来当售货员的啦。"他讪讪地笑着解释道。

如今回忆起当时的场景，穆云凯坦言，被曾经的学生撞见在商场卖东西，脸上真的有点挂不住。不过，在长达 10 个月的售货员生涯中，除了那一个尴尬的时刻令他感到有几丝郁闷，其余的时候，他都很享受这份工作。穆云凯带着笑意调侃道:“我后来回过头再想，我可算得上是中国零售业第一代经济类的硕士研究生啊!”

从“四化”到市场经济

随着改革开放的到来,“四个现代化”的战略目标愈发清晰，穆云凯在填报自己的高考志愿、决定未来的人生方向时，也自然而然地响应了这一号召，选择了工学专业，立志要为“工业现代化”贡献一份力量。

1982年，穆云凯高考考入了华南理工大学。

1986年本科毕业后，就职于万宝电器集团的穆云凯，在工业行业打拼的两年间，观察到中国的经济正处于由计划经济向市场经济、工业经济向商业经济的过渡期，或许很快便会迎来翻天覆地的变化，如果朝正在发展的商业领域进军，应该可以大有所为。经过一番准备，他决定重返校园深造，于是报考了暨南大学的MBA。从社会重返校园，开始对经济、管理相关知识的系统性学习，期待着未来能在市场经济背景下的商业领域大展拳脚。

“我本科是纯工科生，我的数学其实并不是很好。我们那时候考研究生，数学的难度是按照专业的差异划分等级的。像是造船、计算机相关的专业，都属于第一、第二等级的难度，但是经济、金融的难度就只有第五等级，我的数学水平首先就把我框在了经济管理这个专业，穆云凯幽默地补充着之所以选择修读MBA的原因。

至于为什么选择暨南大学，穆云凯表示，自己当年就是冲着黄德鸿教授这块活招牌而来的——时任暨大工业经济专业（现为产业经济专业）博士生导师的黄德鸿，在学界有着很高的声望，继 1963 年在暨大领衔建立工业经济专业之后，1986 年又带领学校取得了华南地区第一个产业经济学博士点。据穆云凯介绍，这位令他慕名而来的黄老不仅自己在学术上颇有造诣，而且师德高尚，颇受同学们欢迎。不过，因为招生方向的变化，穆云凯当年并没能如愿拜到黄德鸿门下，这让他着实难过了很久。时隔多年，穆云凯仍对黄德鸿讲授的《管理学原理》课程记忆犹新，对于从零开始学习管理学的他而言，这门课为他此后所有的学习奠定了扎实的基础。值得一提的是，该课程的后半截，是由时任企业管理系讲师的胡军代为讲授的，而这位后来成了暨大校长的胡军，也是黄德鸿的得意门生之一。

走出校园到更广阔的天地去

与胡军不同的是，毕业之际面临未来人生道路选择的穆云凯，并没有将留校任教纳入自己的考虑范围，即便当时很多与他交好的老师都劝他留下来。

“那个年头可不像现在招老师那么容易，要学历有学历，要海归有海归的。所以很多老师都希望能把优秀的学生留下来当老师，一来是知根知底，二来是自己培养的学生，质量也有保障。可是，我当时是打死也不愿意留校的。但是又不能就这么直白地回绝老师，所以我就说，我还年轻，想去更大的世界看看。”回想起当时心里暗自打得响亮的小算盘，穆云凯忍不住嘿嘿一笑。

就这样，毕业之后的穆云凯，成了友谊商店的一名售货员。作为广州百货零售行业的龙头企业，友谊商店是最早一批在基础岗位聘用像穆云凯这样的高学历人才的企业。在此之前，由于整个国家处于刚刚从计划经济过渡到市场经济的起步阶段，很少有人意识到这个行业中人才培养与理论应用的重要性。尤其是在基础岗位，不少职工都只有初等学历，做事情重经验、轻思考，难以适应快速变迁中的市场情况，这在一定程度上阻碍了企业的发展。

得益于企业思维的转变，穆云凯才有了施展拳脚的机会。在不到一年的售货员生涯中，他不仅充分利用这个机会锻炼自己为人处事的能力，也通过自己的表现，让别人看到，大学生也是可以吃苦耐劳的，并非装了一肚子墨水就总是趾高气昂的模样。

功夫不负有心人，经过10个月在基层的磨砺，穆云凯得到了前辈领导们的赏识，开始到一线从事形势一片利好的商业地产工作。期间，他参与了广州首批12家优秀国企改制上市筛选和发改委、财政局、证券办、金融办等政府部门及业内专家领导的全市性政策制订和筹备过程，并在领导们的信任与支持下，带领执行工作团队，用8年时间使某国企成为广州商业第一股，全国企业深沪上市前1000股，优质上市公司100强。而穆云凯自己，也成为这家国有控股公司上市前最年轻的副总经理，同时还是该市同行业系统企业中最年轻的“正处级”干部。“担任这个职务的时候，我只有35岁，这还得感谢党的干部‘四化’政策哩。”穆云凯不无骄傲地补充道。

在他心目中，这段工作经历中令他历历在目的光荣时刻还有许多：2000年夏天，代表企业经手选中深交所的上市公司的证券代码；

在深南大道上的《证券时报》报社大楼内，亲手摇号抽出数万股民打新股冻结几十亿元的中签号码；上市当天，在深交所交易大厅前亲自上台见证广州市领导开市敲钟及开盘成交价；亲拟登载在《广州日报》《羊城晚报》全版庆祝本企业上市暨举办感恩日酬宾活动的广告词……

这些回想起来通通恍如昨日的场景，不仅是他职业生涯的一道道荣光，也创造了一个企业辉煌的历史。

向服务业转型

2005 年，随着长隆大马戏的开业与长隆欢乐世界的建设，扎根于广州，以“长隆”为名的旅游品牌开始进一步在旅游界打响名号。出于业务扩张需求，长隆集团也同时在行业内外招募了许多精英人才，而穆云凯就是在这一年，受好友之邀，成了长隆夜间野生动物世界的总经理，从商业地产行业跨界来到了旅游行业。

机会总是留给有准备的人。在此之前，穆云凯就已经对旅游业发展的前景做足了功课。事实证明，他的判断的确没错，这次的职业转型又遇上了一个好时机。据国家统计局对我国大陆地区城镇居民国内旅游情况进行的抽样调查统计显示，1993 年至 2007 年的 15 年间，是我国旅游业的快速发展期：国内旅游人数从 4.1 亿人次增长到 16.1 亿人次，年均增速达到 10.3%；国内旅游收入从 864 亿元增长到 7771 亿元，年均增幅达到 17%。率先在主题公园领域进行探索的长隆，更是成为行业的龙头大哥，在近年来的主题公园排名中，屡屡居于中国区榜首。

辉煌的战绩背后，是一个个像穆云凯一样风雨无休在一线奋战的企业员工。“当年我在夜间动物世界的时候，每天早、中、晚至少要巡场 3 次，一天能走 10 公里。早上开门之前，要去看看动物的笼子有没有关，灯光、温度、场地卫生等等都到位没有，员工们的精神状态是不是处在最好的状态……在员工的准备间门上，我给他们贴了一张纸，上面写着‘Dear actors，are you ready（亲爱的演员们，准备好了没有）？’当我们要进入工作状态的时候，就像是演员上舞台表演一样，必须把最好的一面呈现出来。”因为工作往往早出晚归、全年无休，穆云凯被大家亲切地叫作 Mr.7–11（引申自一家 24 小时营业的便利店）。

在旅游行业奋斗 13 年，穆云凯表示，这段经历是自己职业生涯中最长的一段，也是最喜欢的一段。尽管每天的工作在外人看来大同小异，可对他而言，因为遇到的客人、天气、场景不同，所以天天都很有新鲜感。正如太阳日复一日地升起，可每一天都是不同于昨日的崭新开始。虽然工作常常令他在身体和精神上承受着双重压力，但穆云凯说，每当看到客人满意的笑容，一切的付出就都值得了。

“我们这里每年都会迎来很多实习生，他们的家长总会跟我们抱怨：怎么把我们孩子晒得那么黑？这是因为家长们都不太理解，旅游行业就是这样的，不像那些整天坐在办公室的职业，必须要在现场、跟顾客面对面打交道才行。每个人实习完之后，虽然是黑了很多，可是大家都觉得非常有收获，也很快乐，这种快乐是在学校学不到的，是在景区里就着咸菜吃馒头都觉得特别香的那种快乐。”常年奔波在行业一线，穆云凯不但没有丧失对这一行的兴趣，反而愈发乐观和积极。

未来可期不可知

近年来，随着科技的发展，机器将取代人力劳动的论调层出不穷。可是在穆云凯眼中，自己所在的这个岗位，是不会也不能被冷冰冰的机器所取代的：“无人管理的机器，只能应用于流水线生产，像我们这样提供个性化体验和服务的职业，还是需要实实在在的人来支撑的，而且未来必将对从业人员的素质有着更高的要求。”

穆云凯相信，旅游行业目前以及未来在我国都有很大的市场，值得年轻一辈继续探索。

不过，虽然有大量的资本在运作，国内主题公园的整体水平与收入，依旧远远落后于起步较早的国外市场。提前起跑的那几十年，已经足够形成一条完整的产业链，让走在前面的企业享有一整套自主的令大众接受的文化产业 IP，令后来者望尘莫及。这其中最出名也最成功的，非迪士尼莫属。虽然新世纪以来，我国大量的主题公园如方特、欢乐谷都在快速成长，可当迪士尼进军中国市场后，还是分走了很大一杯羹。

当下，不少头部企业也纷纷遇到了发展的瓶颈，大家明知道存在不足，可是不知道该怎么整合产业。与此同时，新锐企业如百度又在跨界抢占市场，跨国老牌公司也不甘落后，这确实给整个行业中的“游戏者”都带来了很大挑战。

从业多年的穆云凯，作为母校暨南大学的校友导师，在与师弟师妹们的交流中，时常提醒大家，在校期间一定要打好扎实的基础，提升自己的综合、跨界能力，如此才能泰然跟上常变常新的时代步伐。

穆云凯的目光总是看得很远，无论是从前一次次的人生变轨，还是现在对于旅游行业的前景预估。他坦言，对于未来，谁都没有十足的把握。

（文中人名均为化名）

（文/杨怡）

双簧管成就了他的一生

“我是星海音乐学院的教授，曾经是武汉军区的军人，是和德国人学的双簧管。”医院的病榻上，老人手用力地撑着头，和我们努力地说到，仿佛这一刻，他的时光又回到了过去，他还是那个朝气蓬勃的年轻人。

第一批和德国专家学习双簧管的学子

说起 1955 年的“双簧管”，这对那时候的人还是一个颇为陌生的词，不知道具体指的是什么，甚至听都没听过，听说过的也只知道这是一个洋乐器。可这对于杨冬来说，双簧管是他的喜爱之物，也是与他相伴一辈子的乐器。

新中国成立之初，百废待兴。全国上下洋溢着一片喜洋洋的气息，大家都迫不及待地想要操起大刀重建新中国。各行各业纷纷崛起，其中包括音乐学院。

音乐不是无书自通，说有就有，想要重新成立起来绝非易事。国家领导人也正迫切地找法子发展国内的文艺产业，恰好德意志民主共和国的总统威廉·皮克向中国伸出援手，询问周总理和朱德同志想要什么帮助。

据杨东回忆，周总理和朱德同志考虑了一下，回答道："我们不要你们的机器和钢铁，但是我们需要你的艺术和好的文艺帮助我们。"威廉·皮克立马派了两个双簧管的专家来到中国，传授双簧管的知识，其中一个专家就是哈·威·魏切希。这次教学培养了一批优秀的双簧管艺术家，为我国双簧管艺术早期的学术交流活动打下了坚实的基础。

彼时的杨东还是武汉军区的一个小兵，德国专家到访北京的消息传到武汉时，许多会演奏双簧管的人都希望能有机会到北京学习。杨东也知晓这个机会十分难得，于是，他找到当时武汉军区的司令，勇敢地直接提出想要上北京学习双簧管的想法。

当得到可以去学习的答复时，杨东全身沸腾，心一直剧烈地跳着，连军装也不曾换下，马不停蹄地赶往北京。

到了北京的第二天，杨东给德国的一个专家演奏了一段，专家也十分满意，认为他可以学一学，于是安排了学习的机会。从那以后，杨东跟着专家一连学习了两年。

能和德国专家学习双簧管，这是多少人争破头也未必能得到的机会，杨东作为一个小兵，更是想都不敢想。

从“土味”的学者到地方专家

新中国成立之后的文艺培养一直受到国家领导人的重视，这一点在部队中尤能体现，许多学习资源一般优先给予部队使用，德国专家到中国传授双簧管技术，招生的对象也局限于部队的年轻军人。

当时的大环境下，无论是乐器还是其他行业都面临着重新崛起的局面，双簧管是一个不太热门的西洋乐器，要发展起来实属不易，需要面临的不仅是演奏的技术问题，还缺乏熟练的专家及乐器所需材料的问题。

双簧管的哨片对于双簧管演奏起着决定性作用。1950 年以前我国使用的双簧管哨片都是从资本主义国家进口，价格昂贵，一般人都用不起，直到 1955 年湖南省管乐队虞大铭成功研发出我国自主生产的哨片，开启了国内自主生产哨片的先河，双簧管哨片的生产成本才大大降低，投入学习双簧管的学者数量也逐渐增多。

德国的双簧管专家还没来中国前，杨东跟着中国的专家学习双簧管，同时研究乐队里的双簧管、长笛、长号、短号等各种各样的乐器。

师从中国专家的杨东一直觉得自己是一个双簧管“土学者”，学习的都是中国土味乐理，所以德国双簧管专家来到中国后，他紧紧地抓住这个机会，最终得其所愿。

“跟着德国人学了两年，演奏起来就像那么回事了。”老人谦虚地说到。双簧管教学结束后，德国专家回到了德国，学生们原来从哪个单位来的就回到哪个单位，杨东也踏上了回武汉军区的路。

两年之后再回到武汉，似乎一切都变了，又似乎一切都没变。

杨东得到了德国专家的认可，不过，“说实在话，我在这批孩子里，实力算比较好的，那是因为我平时练习多一些，不能说是专家，只能说是比一般的孩子好一些”。和外国专家学习两年与之前跟中国专家学习的经历完全不一样。这一次，杨东明显感受到了自己的进步。回到武汉军区后，他继续深造双簧管的演奏能力，内心里的澎湃让他醒悟，这次接触到的是真正的西洋乐器，是栩栩如生的、带有灵魂的演奏技巧。

慢慢地，杨东在不断练习和深造中，掌握了个人独奏的能力，双簧管的水平越来越高，后来在武汉军区，甚至是武汉地区，成了真正的双簧管专家。

一代接一代的桃李天下

从1955年和德国人学习，一直到杨东五十多岁，他还站在台上为大家演奏，并且独奏。他也从一名土专家、年轻的专家、地方的专家成长为真正的双簧管专家。期间，他从武汉军区被调到广州音乐学院（星海音乐学院的前身），来到广州这个全新的地方，继续他的双簧管征程。广州虽然是一个全新的地方，但城市发展迅速，不失为一个培养人才的好地方。

起初星海音乐学院叫广州音乐学院，杨东刚来到这里，大家都称他为双簧管音乐的演奏人。

从那以后，几十年的任教经历，使得老人蜕变成一个专注双簧管的专家。直到现在，老人依然执着地区分这个“专家”的名号，据他说，直到他的学生成了专家，他才成为真正的双簧管专家。

老人今年八十四岁，在他的学生里有一个八十二岁的双簧管教授，而这名教授同样培养了一批又一批的学生。学生的学生在台上演奏，将听众赠予的鲜花献给了台下八十二岁的老师，而这位八十二岁的老师将鲜花赠与八十四岁的杨东。

曾经的青年双簧管演奏家壮大了中国双簧管艺术在演奏方面的队伍，他们是演奏家也是教育者，身上系着中国双簧管发展和传承的使命，在完成使命的同时也培养了一批又一批的学生。而未来双簧管艺术在中国的持续发展这一重任也落在新一辈的双簧管演奏家们身上。

杨东作为老一辈的艺术家，退休之后，仍然放不下手中的双簧管。

到了晚年，杨东已不再手把手地教学生演奏双簧管的技巧，而是从事行政工作。在学校，学生之间都喜欢称呼杨东“杨书记”；在杨东的家里，杨东更喜欢“杨老师”这个称呼。

虽然已经退休，但学生们都爱到杨东家里拜访，希望他能给自己的演奏指点一二。老人也从不吝啬自己的评价，闲下来的时候也经常拿出双簧管练习，吹吹外国的曲子。

但爱吹外国曲子的他一生也不懂外文，“不懂外文不代表不懂音乐，很多人也不懂外文，但他懂得这门乐器，就能成为这一门的专家。”杨东如此说道。

确实，外文是一门交流的工具，音乐同样可以是交流的手段，学习双簧管更是如此。国内传统文化可以和国外的双簧管技巧融合在一起，构成带有中国民族特色的新篇章。老一辈们学习各国专家的不同风格的演奏技巧，丰富了中国双簧管专业系统的教学方法，探索具有中国特色的双簧管教学体系。学者们通过借鉴西方的演奏技巧，编写更多属于中国风格的乐曲。

艺术的追求是无止境的，老人躺在病榻上不能动弹，心里仍记挂着家里保存起来的双簧管乐谱，想着他第一首独奏的曲子《牧羊姑娘》。

（文中人名均为化名）

（文 / 彭淑茵）

风雨写忠诚

“中华军魂，倚天长剑血来开刃；
中华军魂，忠诚跟党保国为民。”

军旅生活的记录者

1983年10月26日，凌晨3点左右，由烟台开往大连的专征客船在稀薄的雾霭中缓缓停靠在大连港9号码头。刘洪乐匆匆背起行军背包，走出客舱、走向码头，大约几分钟后，又随着一个军官模样的人，跳上了早已等候在码头外的军用汽车上。

军车穿过霓虹闪烁的大连市区，直接奔郊外而去。车中满载着从烟台地区应征而来的新兵，一个个穿着深蓝色的涤卡军装，分辨不出谁是谁。大家都不说话，刘洪乐观望着这个陌生的地方，看着车子开出了大连市区，沿着大连到旅顺口的北路，向西南方向进发。

就这样，刘洪乐长达十二年的军营生活开始了。

在长达一个多月艰苦的新兵集训结束后，刘洪乐被分配到政治部的俱乐部。1986 年春夏之交，刘洪乐根据上级指示前往干部文化学校任教员，主要担负语文、政治、历史、地理的授课任务。

大约是在 1986 年初秋，整个海军部队兴起创作舰歌、连歌的热潮。在这之前，因为刘洪乐在沈阳军区的影视报刊上发表过几篇影视评论，在北海舰队内部刊物上发表过论文，所以，政治部领导便让他创作歌词。在不到半个月的时间里，刘洪乐先后创作了十首歌词。后来，《快艇之歌》获得二等奖，《相聚在军营》由当时宣传科的王俊杰干事谱曲，发表在《水兵之歌》杂志上并获得优秀创作奖。这是刘洪乐第一次踏入创作领域，处女作获奖使当时的他倍受鼓舞。同年，刘洪乐应旅顺口区有关人士的邀请，创作了旅顺口区区歌，歌曲的名字是《旅顺口，神奇的土地》。这首歌也由王俊杰干事谱曲，最终发表在旅顺口区的一个杂志上，大概是因为曲子流畅，这首歌传唱了好长时间。

也就是从那个时候开始，刘洪乐的创作范围逐步扩大，从歌词、快板、相声、小品、评书，到配乐诗歌、配乐散文等等，就这样一路写了下来。

干部文化学校解散后，政治部领导将刘洪乐安排到码头俱乐部广播室，刘洪乐独自担任每天的广播任务。1987 年春节过后不长时间，刘洪乐被调到部队录像室工作。在录像室工作了不到一年的时间，也就是 1987 年的年底，刘洪乐又被调到了政治部的宣传科。这次调到机关工作，刘洪乐在宣传科一干就是整整 7 个半年头，直至转业回家。

1988年5月，海军旅顺基地准备出版一本《爱军习武人物小传》。当时刘洪乐接到的任务就是为扫雷舰上的一名神炮手、江苏籍军士长——写一篇报告文学。

在采访过程中，刘洪乐对这名海上神炮手有了深入的了解。在他看来，作为海上神炮手，这个来自江苏的老兵是当之无愧的。在8年多的舰炮岗位上，老兵坚持在各种复杂条件下练习首发命中，曾经在海军部队组织的比武训练中，在风大浪高、海上能见度极差的情况下，获得五发炮弹全部命中浮标的优异成绩。

使刘洪乐深受打动的，是老兵那种忘我的训练精神。“无论是节假日还是工作间余，他几乎一刻都不离开炮位，每天坚持瞄准训练，自我加大训练难度。风浪中舰船摇摆剧烈，他强忍恶心呕吐带来的痛苦，不但自己高标准完成训练任务，同时还带出了一个过硬的炮班。做到了无论在什么恶劣的气候条件下都能首发命中，每次考核都稳居第一。”刘洪乐的语气中流露出一股敬佩之意。

回忆起创作过程，刘洪乐说：“其实这个长篇通讯类似于报告文学，写得比较纪实，也比较有散文抒情的味道。特别是结尾部分，写到他乘坐飞机去北京接受领导接见，在飞机上俯瞰大海和长城的心情，那部分描写很细腻、很激情。他曾经问我，说我没有坐飞机飞临长城上空，怎么能描写得那么真切，我笑着告诉他，说我靠的是自己的想象。他也笑着说我真会编，编得很逼真。我告诉他，这是一种新闻文学的表现手法，在事实的基础上是可以精细加工的……”

这个长篇通讯的初稿约八千字，后来精简到六千字。起初的题目是《激浪蹈海唱英雄》。当时的政治部副主任说，这个题目有点大了，改成朴实一点的比较好。刘洪乐就根据领导的意思，将题目重新调整为《海上神炮手》。这篇长篇通讯，后来成为《爱军习武人物小传》一书的开篇。原海军政治委员李耀文为该书题了字。

在政治部宣传科工作的这些年，刘洪乐经常跟随部队到实战演练现场，掌握第一手素材，每天都和官兵交流，了解他们内心的真实想法。1988–1995 年间，刘洪乐先后创作了《快艇支队之歌》《扫雷舰之歌》《护卫舰之歌》等，随后又相继在《水兵》歌曲杂志等发表数首歌词、歌曲，并为旅顺口区创作了区歌——《旅顺口，神奇的土地》，发表在《旅顺口》杂志上。

1995 年下半年，刘洪乐的档案正式移交到地方，长达 12 年的军旅生涯也就此结束了。

"亲爱的战友你没有倒下，你的热血把和平曙光播洒。
中国军人钢铁灵魂，永将筑牢和平大厦。"

警营生活写实者

2004 年刘洪乐被调到市局宣传科工作，为了搞好宣传工作和文学创作，刘洪乐每天都要把全局上报的上百起案例浏览一遍，并做好笔记。他记得，当时平均每天都会做两千多字的笔记。仅 2014 年一年时间，刘洪乐共在各级媒体发表各类稿件、文章等 2516 篇。

2014 年 3 月，刘洪乐接到工作去采访当地刑警，并前后为他写了总共16篇报道。“他有着磐石般的刚毅与坚定，更有着火山岩浆般涌动的热情。作为一名刑警，他是一颗射向罪恶的子弹，他是惩治邪恶的勇兵，总在关键时刻挺身而出，充当阔斧刀锋！”这是刘洪乐对付刑警的评价。

在警局宣传科的这些年，刘洪乐接触到了很多像付刑警一样奋斗在一线，为人民出生入死的民警，这些鲜活的素材成为刘洪乐持续创作的动力，他将这些人民保卫者的英雄事迹编写成了新闻、小说、诗歌甚至影视文本等传播了出去，让更多的人知道了他们的存在。

“永葆本色砥砺前行，振兴中华不忘初心。”

新时代的歌颂者

刘洪乐生于山东省龙口市黄山馆镇大脉村，在家中排行老九，上有七个姐姐，一个哥哥，下有一个妹妹，家里祖祖辈辈都是农民。他从小就对文学表露出了浓厚的兴趣。只要是带字的东西，便总是从心里喜欢，小时候没有报纸、电视，也没有课外书，走路捡到一张带字的纸片，也会拿起来读一读，遇到不识的字就跑去问大人。晚上就在家收听喇叭广播。上学后，刘洪乐勤勉好学，利用一切可利用的资源读书，在13岁时就通读了四大名著而且都能熟练背诵。也是基于对文学的热爱和从小的文学储备，到部队后刘洪乐才有机会进入宣传部门从事他所热爱的文字工作。

谈到从军的契机，刘洪乐讲到，因为当时兄弟姐妹多，家里生活拮据。十八岁的他决定应征北上，在他看来当兵能够有机会学到更多的知识。

谈到如何在几十年的创作生涯中始终保持创作热情，刘洪乐说：一是从小对文学的热爱；二是工作环境的感染；三是战友和同事们英雄事迹的鼓舞；四是对于文化传承与创新的使命担当。几十年的创作生涯中，刘洪乐的创作心态一直没有改变，一直保持着一种纯粹的热情，火一样的激情。“即使在情绪最低落的时候，只要翻开书或拿起笔来，一切烦恼就全抛在脑后了。”刘洪乐笑道。

最近，刘洪乐正在忙着筹备电影《剑胆》，这是国内首部取材于一线民警的真实故事的电影。军事题材的作品可以让群众了解军人，在社会上形成尊重军人的气氛，有利于全社会国防教育观的树立。“没有人民的军队便没有人民的一切。国家安危，公安系于一半。”刘洪乐谈到。

“一颗红心交给党，半世风雨写忠诚”也许便是刘洪乐人生的真实写照。从部队到警营，几十年来笔耕不辍，初心未泯，都源于刘洪乐对文学的热爱与追求。文学创作于他，是终其一生也不可放弃的。讲述着军警的故事，宣传先进事迹，传播红色精神、红色文化，是刘洪乐过去、现在乃至将来都肩负着的责任。正如刘洪乐先生所说：“文学创作对我来讲就意味着对一种使命的担当，这种使命就是记录时代，写真时代，反映时代。”

“向天借来日月光辉拨开乌云 / 一纸宣言刻进庄重年轮 / 嘉兴南湖摇起红船 / 碧波荡漾炽热初心

以血换来雄鸡高唱天下一新／赶考路上带着黄土风尘／天安门上奉民承运／建设热潮滚烫初心

唱着春天故事敞亮开放大门／小康路幸福着亿万人民／特色旗帜飘扬舞动／走向富强再言初心

迈步雄关漫道更向辉煌挺进／中国梦发出历史最强音／永葆本色砥砺前行／振兴中华不忘初心

永葆本色砥砺前行／振兴中华不忘初心”

（文／隋明润）

战斗的一生

在“保家卫国、守卫边疆”的号召下，20岁的农村半大青年李强龙毅然入了伍，决心当一个好兵。这一当，就是二十年。而在退伍后，军旅生涯留下的精神依旧贯彻在他的工作和生活中。

试炼

1978年10月，已经成为侦察连长的李强龙突然收到师首长的电话，到师司令部作战室去接受任务——李强龙奉命率侦察连赴广西中越边境执行对越侦察任务。师首长指着作战室里的地图，给李强龙下达了提前到边防了解敌情、民情，勘察地形，为下一步的作战做准备的任务。

李强龙清晰地记得1968年的那次的训练：“印象最深的是越野。别的连队一周一次五公里，我们是一周一次五公里全副武装越野，还有一次十公里的轻装越野。还有游泳，步兵要求游泳 3000 米，我们侦察兵就要一万米。”两个月的时间，侦察兵被要求训练到可以连续游一万米，强度非常大。侦察兵的训练比其他兵种都要辛苦，不仅训练的强度大，标准还比别人高，加上侦察兵任务比较特殊，需要短兵相接，也要有包括擒拿格斗等属于特种兵的训练。“平时多流汗，战时就少流血，只有这样，才能够争光，为家庭争光，为部队争光，为人民争光。”靠着这样的想法，李强龙咬牙扛过了侦察兵艰苦的特训。

然而执行战斗任务不仅仅对侦察兵们有体能上、技术上的要求，更要求思想上、精神上坚定不移。李强龙还记得侦察兵训练里的“孤胆”训练：半夜三更让你一个人醒来，给你一个路线图，标着方位角，到深山老林里将设点放好的东西取回，不可以带武器，这单程一般都是要五公里以上，来回就要十几公里。他自豪地说：“我拿回来了！怕是怕，但‘孤胆’训练就是训练你的胆量嘛。既然当了侦察兵，就要有这个胆，就要有担当，这也是对自己的定位吧。”

在上战场之际，军队里却都是和平年代入伍的兵，虽然军人都有着共同的认知，“当兵是为了保卫祖国，战斗是军人的职责”，但是和平兵从没有遇到这样的战斗，有心惊，有害怕，这些不利于战斗的情绪也需要做大量的思想工作来克服。

谈国家形势，谈边民处境，李强龙将此次战斗剖开了谈，“作为军人要承担好保卫祖国的职责！作为军人，应该有英雄主义！”

第一次出境进行渗透侦察，李强龙布置了战斗任务，“突击组要做最关键的任务，要进去抓俘虏，也是最危险的，谁要参加，谁要承担这个责任？”在充分的战前动员后侦察兵们都纷纷举手说要参加，甚至有些还写请战书，请求执行这个任务。但细心的李强龙观察到有个别人沉默，“不开口，就是怕，就要给他做工作”，李强龙对他们说：“每个人都非常希望争光，争取立功，你要是完成任务能够立功受奖，为家庭报喜，一人英雄，人人光荣。”作为指挥官，李强龙想带领一支士气高涨的队伍，想唤起战士们心里的志气，一鼓作气，不坚定的兵是对自己的不负责，这样的兵上了战场也难堪大用。

在得知即将奔赴战场之后，一些战士已经写好了遗书。他们都跟家庭说自己要参加这个战斗，如果要是不幸牺牲，希望家人也不要悲伤。李强龙的战友将仅剩的几十元都寄回家，做好了战死的打算，他老婆拿着几十块钱一直哭。

李强龙的几十元却没有寄回家，而是卷进被包，并拍拍他的通讯员的肩膀：“这几十块我们回来喝酒！”在李强龙的心中，这场战一定要胜利。

实战

大部队仍在营地战备训练，李强龙就提前赴边境去勘察。他没有跟家里细说，只写信道“我接受任务来到龙邦工作站，你不要回信，现在不能寄信，等我寄给你。”在别人家因为家中孩子上战场开始惊慌的时候，李强龙的家人已经担心了几个月。李强龙的岳父专门买了个收音机来听，“我们每天就在家听收音机，听新闻说今天越南边境打死我们边民几头猪，几头牛，反正每天都在担心，却不能给他寄信。”李强龙的妻子拿到信跑回婆家就一直哭，几个月内寄回家的仅有的两封信都言简意赅，只问问孩子怎么样，又说已经换了地方，叮嘱妻子家里要好好管着，放心。

1979 年 2 月 17 日，对越作战开始。李强龙所带领的侦察兵穿插到越南高平省的侧后，正面部队进攻，他们则承担断敌退路，阻敌增援的任务。在穿插战斗中，侦察兵小队在整个队伍的最右侧掩护，侧边是受敌人影响最大的地方，他们要保护大部队一侧的安全，保护首长的安全，同时还要到上级指定的位置，担负侦察任务，为部队作战指示目标。

炸敌人的弹药库、油库，毁坏敌军重要的设施，这些仿佛只存在于电视剧里的故事却是实实在在发生了的，甚至对一群老练的侦察兵来说已经是习以为常。李强龙负责带着队伍执行特殊任务，离开大部队在十几公里之外的地方，潜伏在敌人活动范围内观察敌人的兵力部署、活动规律并报告指挥所，使我方的炮兵能够打到比较准确的位置。

和许多人想象的一样，趴草丛，涂油彩，屏息凝视在半米距离内巡逻的敌人，从黄昏潜伏到天明，在枪林弹雨中穿梭，侦察小队的日常就是这样。李强龙的眼睛下方有一小块黑黑的印记，那是在一次执行侦察任务战斗中，敌人的手榴弹就在他身边爆炸，而炸开的弹片直接刺进了他眼下的皮肤，距离眼睛不过两厘米。那块小小的弹片跟随李强龙走过了四十多个春秋，至今仍留在皮肉里。“一开始有点麻痹的感觉，现在不按它就不会痛。”李强龙摸着脸上的弹片。

1979 年的战斗结束后，每隔两年就要到边境轮战半年，侦察兵始终不能休息。轮战总是五月开始，持续到第二年春节过去，李强龙有几年春节都没有回过家。即使不在轮战期间，作为军人的训练也是日日不停歇的。正在上小学的女儿虽然随军了，但能够见到爸爸的次数屈指可数。

坚守

在 1984 年的轮战中，作为师侦察科长的李强龙组织指挥了他生命中最成功的一次战斗。靠茅山位于广西龙州县下冻西南中越边境线上，地势高而险，山坡陡峭，属于军事制高点，而越军长期占据靠茅山，严重威胁我国边境人民的生命安全。因此，李强龙奉命侦察靠茅山敌情，为集团军作战歼敌做好充分准备。在受领任务之后，侦察连的战士们纷纷请战，争做战斗先锋。提起这次战斗，李强龙感慨万分："在接受战斗命令后，他们没有豪言壮语，没有'讨价还价'。一个标准有力的军礼，一个充满信心的握手，他们的决心和忠诚都在无言的情怀中。"

侦察连队在抓捕俘虏之前需要进行敌情侦察，李强龙将秘密观察点设立在靠茅山的东南侧，距离越军的防御阵地结合部约有 3800 米。敌军严格把控着高地，每天都要进行巡逻。李强龙和队里的侦察兵们就在山上挖出一个个仅容一人蹲着活动的猫耳洞，在山上足足蹲了 24 天。在这 576 个小时里，侦察兵们忍受饥饿、寒冷，没有水洗脸，就就着清晨青草上的露珠，随意抹一下；没有床睡觉，就靠着简陋的猫耳洞蜷缩着身体眯一会儿；炊烟会被敌人发现，战士们咽着干粮挨过一天又一天……水、干粮都要从山下的村里运上去，偶尔他还会开火煮一点热食鼓励艰苦的战士们。他就在敌人的眼皮子底下出出入入，时刻关心着每个兵的状况。“在山上风吹雨打，非常艰苦。但一定要坚守这个阵地，走哪条路更好，每条路有没有埋地雷，敌人会走哪里，哪里最隐蔽可以接近他们，这些都要侦察兵们一一摸清的。”侦察兵经常要往越军的防御阵地结合部摸进，摸进去一段路，就又退出去，沉住气，克服千难万险，才最终摸清了敌人的活动规律和兵力部署，以及接近敌军的最合适的道路。

12 月 28 日这天，李强龙记得十分清楚。前天晚上下着雨，清晨雾气弥漫。李强龙敏锐地察觉到这是一个好机会，于是选派了 8 人精英小队，决定趁着雾天深入敌阵地，执行俘虏抓捕任务。出境前，侦察尖兵们紧紧地握住李强龙的手，掷地有声地说：“坚决完成任务！”。

“没有伤亡，武器没有丢失，俘虏抓到了。”得知任务成功，已经占领了国界线的李强龙大喜过望，马上下令准备好接应。阵地里的敌人发现情况不妙，当即开枪射击。李强龙带领预备队掩护接应，此时侦察兵已经下了山沟，顺利到达接应点，交接俘虏。“明知山有虎，偏向虎山行”，李强龙这样评价这次战斗——战士们不怕流血，不怕牺牲，将对祖国的赤胆忠心展现得淋漓尽致。而深入敌区抓捕俘虏，却没有任何人员伤亡，这是极其罕见的，这也是作为指挥官的李强龙最得意的一点。

融合

1987年1月，荣获多次战功的李强龙退伍不褪色，转业到某市检察院，任副检察长兼反贪局局长，结束了20年的军旅生涯，踏上了新的战场。“过去是和拿枪的敌人作战，现在是在反腐败的战场，与腐败分子、犯罪分子做斗争。”李强龙觉得这是个没有硝烟的战场，但它的难度却不亚于持枪战斗。“要反腐败，首先自己身要正，自身硬，依法铲除腐败分子，大公无私依法办案。”

重大案件的指挥、重大人员的审讯都是李强龙的工作，许多案件时过境迁，证据也被掩盖在时间的洪流中，怎么抓证据对他来说是最艰难的。为了抓证据，李强龙曾经两三个日夜不休息，跑了四百公里调查取证。1987年到2001年这十四年间，李强龙每年都能查处多桩有影响的案件，无论地位高低，一大批非法牟利的公职人员遭到查处，累计查办四百多个案件。“用证据，用事实，这是最根本的东西。反贪的任务，是为了纯洁我们的党，提高党的威信，为社会主义的建设扫清障碍。”

在职的最后五年，李强龙又调任到司法局任局长。“检察院是法律监督机关，司法局是法律服务机关。”李强龙将当兵的经历和如今的工作相结合，很快对司法服务如鱼得水：对刑满释放人员的跟踪和帮助；对群众的矛盾进行调解；消除社会不安定因素；对民众进行法制宣传……

为了营造社会法制氛围，根据五年普法规划安排，大力开展法制宣传教育，提高公民学法守法的自觉性。他还经常带领着工作人员下农村、进机关、企业、学校，深入社区进行法制宣传。面对省委省政府对他“先进工作者”的表彰，李强龙感到自豪又有压力，更加坚定了他服务群众的决心。

退休十几年来，军旅生活仍然对李强龙持续发挥影响。每天早上五点，无论风吹雨打，一年四季，李强龙都会前往韩江游泳，年过七十仍然是游泳的一把好手；每天晚上七点半的新闻联播是他必看的节目，尤其关注国家的政治军事外交。“现在国家强大了，真好。”

不忘初心，牢记使命，军人对国家的忠诚，对人民的服务精神都随着每一次训练刻进李强龙的骨子里，指引着他的一生。李强龙的一生是战斗的一生，对敌人、对腐败分子、对干扰法制的人和事。生命不停，战斗不止，正是有着如此可爱又可敬的战士，我们的国家才能够越来越兴盛。

（文中人名均为化名）

（文 / 翁锜）

见证深圳速度，包租婆黄姐的十年机遇

“其实包租婆这个名字也挺好听的。”作为“深二代”的黄姐这么说着。

黄姐的父亲跟随着邓小平对外开放政策的出台，来到改革开放的前沿——深圳。而一直是父亲事业上“一把手”的黄姐也跟着来到了这个城市。

父亲过世了，黄姐也结婚了，1992 年开始了她在深圳的打拼创业第二阶段。“中国人的观念，就是一定要有一个属于自己的家。”黄姐认真地说。

有了父亲初创时积攒下的人脉，夫妻俩的小生意做得如火如荼。终于在持续了七八年的租房生活后，她和丈夫拥有了第一套真正意义上自己的房子。“那时候没想那么多，觉得这个地方虽然偏僻了点，但是好在便宜，早买早安心。”那时候中国楼市刚刚开始发展起来。

在深圳，夫妻二人都有了各自的小事业，并且也存了不少的积蓄。2007 年，看到楼市持续上涨，黄姐开始坐不住了。

有三个孩子的她一直想换个至少三房的房子，起码孩子们也可以分房间睡。就是这么一个简单的理由，在她左挑右选了很久以后终于找到了一套周边设施佳且户型也十分合心意的房子。虽然这时候的楼价已经被专家评估为虚高，且随时会跌，黄姐依然一次性支付了这笔钱，搬进了大点的房子。

2008 年，楼市开始出现停滞，甚至是下滑的趋势。再加上股市动荡不安，金融危机蠢蠢欲动。就在所有人都认为这就是房价的顶峰的时候，一大批富裕的投资商开始大量购入房子，一时间楼价又开始一发不可收拾地上涨。

“有钱的人就是敢拼，我就不敢，要是跌了那我的孩子喝西北风去？”黄姐激动地说道，说完又有点懊恼，“要是我大胆点，现在起码多赚个百万了。”没错，也是从那时开始黄姐开始把赚来的钱转手投资到楼市中。黄姐说：“其实我还算是我们那群师奶里面大胆的了，我喜欢稳定的、有保障点的东西。他们大胆的都把钱放股市里了，一下子被套牢出都不来，多少人疯了啊。我都有点庆幸我生来没什么胆子。”

虽然说没什么胆子，但短短四年黄姐还是买卖了七套大小不一的房子，有地段极佳的“麻雀”学区房，也有等拆迁赔款的老城房，还有衣食住行都极其方便的宜居房。黄姐那时候买的房子，是连验房都不需要。黄姐很兴奋，她说只要一想到她的房子每一秒都在赚钱，就觉得很开心。

2012 年是深圳的一个转折年，安居房政策无法落实，政府开始对房价和银行双面夹击，且持续实施调控政策。

黄姐很着急，她担心那么多的钱和房子被套住了，那么多年的努力白费了。“那段时间我每天晚上都睡不好，经常梦到有人要来开我家的门，然后惊醒之后就只能整晚整晚地看着天花板发呆。”

其实不止黄姐有这种现状，追随着楼市开拓者脚步的第二批进军者们都在这种恐惧中度过了 2012 年。“我也想脱手，赶紧能多少钱就多少钱卖了，可是没人买啊。”是的，这个时期的购房者们大多数处于一种观望阶段。售房者努力降价脱盘，而购房者盼着房价一跌再跌，整个深圳楼宇市场在此期间保持了很长时间“有价无客”的现状。

2012 年，在这个深圳高速发展的黄金阶段，却有一半的中介地产倒闭了，一个改革开放前沿的城市每月成交楼房量仅有数百套。

黄姐分析道：“现在回想一下当时的形势，如果政策不放松，银行就没办法赚钱；银行想要赚钱就需要不停地放贷；人们有了贷款，自然而然地想要赶紧在低价的时候买房了。”所以这其实也是一种循环，传统的银行无法依靠大量客户存在银行的不动产盈利，而贷款就可以获得巨大的利润，才能将客户存在银行里面的大量现金流运用起来。

2012 年末，楼市开始回暖，并又以不可追赶之趋势前行着。

“老板娘很喜欢和我聊这些房价走势，我老听着也听懂了些。我没买过房子，所以首套要求不高，我就大胆地在 2012 年买了套。过了年末我就赚了 20 万。”黄姐家里的清洁阿姨兴奋地说，“过了年末没多久我就卖了，虽然后期还涨得厉害些，可是我们家就是普通打工阶层不敢冒险，短短时间赚这么多回来我都开心死了。”

黄姐也跨过了40岁的门槛。也许是人到中年更显得稳重，黄姐开始意识到她要开始为老年做准备了，而从这个时间段之后，黄姐又开始有了一个一直延续至今的想法：“就算楼市倒了，但房子一直都在啊，我可以老了以后靠收租过生活啊。”

黄姐的孩子也都上了高中大学了，黄姐开始谋划着搬到个四室的房子里，让每个孩子都有一个属于自己的房间。不过这可是不那么简单的事，虽然家里有点小积蓄，但是大多数的资金依然是一套套还需要每个月供钱的房子。

黄姐的女儿小佳回忆起第一次跟着母亲去售楼处的场景。

“那里比菜市场还多人，墙上面挂着一块板，他们都很激动像是挖到宝石了一样。”黄姐听了女儿的描述笑着接着说：“那次是一个新楼盘，地段非常好，有小学、初中，还有商场超市；而且啊房子户型规规整整的最合我们广东人心意了。反正售价和外面的拆迁房差不多，那我不如买个新房好了。”黄姐又补充说，虽然能抢到房子就很不错了，可是那时候夫妻俩愁首付愁得头发都白了许多。“好像捡到了个宝箱，但是找不到钥匙一样。”不过现在的黄姐依然乐观地说：“要是我那时候有多点钱啊，我肯定买隔壁那个更大户型的，那时候虽然要六百多万，但现在翻倍都买不到了！”

后来那套想了很久终于实现的四室的房子，也因为月供压力太大而卖掉了。

不过黄姐可没放弃买大房子的想法，她认为这次不行，那就加把劲、努努力，下次肯定可以的。她喜欢花，更喜欢种花，所以现在她的希望是在市区里买套带小花园的房子，老来了也可以在小花园里享享福。

不过生活可不是这么顺风顺水的。夫妻俩经营着传统的服装生意，随着淘宝等电商的出现，实体店也不再像过去那样门庭若市了。

“年轻人现在都更喜欢网购了，每天捧着手机连出门都不愿出呢。过去生意好的时候每天几千几千的，现在的生意记账都嫌计算机耗电。”黄姐打趣地说着，但又带些忧愁。

东门柠檬街是专门做服装生意的一条商铺街，而在近两年却开始人流稀少，虽然地理位置优越，每天进店看衣服的人却屈指可数。

这几年，许多实体商铺开始大量亏损，直到最后无法支付铺租，直接拉闸走人，连衣服都不要了。“对于很多行外人来说可能无法理解这种行为，可是客人那么少，我们就算清场都未必卖得完，每天的电费、租金都是白花花的‘银子’啊。”就这样，黄姐这两年关了四家服装店，仅剩两家卖得比较好的在维持了。所庆幸的是黄姐赶上了好时候，赚了笔不小的钱，正好够还完房贷。

2015 年，黄姐家已经还完了所有的房贷，可是她依然希望有一套自己住的大房子。可是基于房价的压力，她再也不敢随意出手了。

从周边设施到内部性价比，她比了又比，终于在 2016 年敲定了一套复式五房的大房。“这要咬紧牙也要买了把它供完，虽然孩子大了走了，家里也变得空荡荡的，但总是要圆梦了才值得。”黄姐最小的孩子也大一了，几个孩子中有个在北京，有个在南京，还有个在广州。她说，虽然不在同一城市，但留着个房总觉得他们只是出去一小会，很快就回来了。

“我现在看看我买的房子啊，好像基本上都是几套几套在一起的，就是希望以后孩子大了，不能一起住，也得住在一个小区里，彼此有个照应。”小佳略显生气地说：“我们才不需要你帮我们买房子，我们以后会自己赚钱养自己的！”

黄姐也笑笑说：“好好好，你们不缺钱的话，我就留着自己收租。其实包租婆这名字，也挺好听的。”

（文中人名均为化名）

（文 / 张嘉欣）

Chapter Ⅱ

守

屏息听曲，怎料人生如戏

时至今日，林奶奶（也即后文的“阿团”）仍会在每年的特定日子里，拿退休金买来戏票，约上三两老友，一起去看戏。尽管林奶奶已经有五十年未站上戏剧表演的舞台，但并不妨碍她对戏剧的热爱。

人各有命，幸得偏护

1939年福建晋江洋埭村，夏日炎炎，阿团的生母挺着大肚子，拿一把小凳在门口乘凉。经常到家里串门的邻居李姐，又一次带着蹒跚学步的小儿子来闲谈，“哎哟，看你这肚子快要生了，你这胎不管是男是女，生出来都给我们吧。”生母与李姐原就是同村长大的发小，长大各自成婚后竟无意又做了邻居，两家相互帮扶，关系紧密。阿团算起来是生母的第二胎，但家境贫穷，亲生大哥早早就给了人。李姐的夫家家境颇好，她的几位大姑子是留菲华侨，多养一个孩子负担不大。阿团就被送给了李姐，李姐接过襁褓中的孩子，取名团治，但跟回生母家，以“林”氏为姓。

此后，在养母的庇护和照顾下，阿团学会了走路、说话。在她四五岁时，从大人们当作谈资的往事里听说了自己的身世，也知道自己被抱养后又有一个弟弟出生，但也同样被送走，且在弟弟被送走的同年生父突然逝世，自此家中后继无人。

阿团对生母没有太多的感情，但养母对自己相当的好。当时养母家有一位名为晓艾的孩子，比她大两三岁。虽然两人同样是在肚子里的时候就被认养，以堂姊妹相称，但实际上，晓艾与她不同，晓艾是指腹为婚的童养媳。

芳华正茂，缘结戏曲

1949 年新中国成立，阿团十岁了。阿团贪玩，跟当时很多农村里姑娘一样，没有上学，十几岁也还在玩闹，偶尔帮家里干些农活。现在想起来，她眉头微微一皱，脸上流露出尴尬的笑容，说自己总是爱在村子里跟伙伴们一起做游戏，例如捉迷藏、跳房子等等。“但当初您还去演戏呢！对吧？”一旁听着的二儿子问道。她把目光投向儿子，露出牙齿自信地笑着说：“对呀对呀，十七八岁我还去上夜校呢，学的是古装戏！”灯光反射在她的眼里，神采奕奕，“演过的戏还都相当出名呢！比如《春香段》《杨八姐游春》《借亲配》这些”。

1957 年 2 月，国内首次公演了西方歌剧《茶花女》。同年 12 月宣布了第一个五年计划完成。五年计划里，突飞猛进的不只是工业，也有阿团身边的文学艺术事业。计划的目标是办好国营剧团，逐步地提高各国营剧团艺术干部的政治、业务、文化水平，且要丰富上演剧目，提高演出质量，有计划地组织在城市的剧场中轮流演出，并到工厂、矿山、农村和部队中 巡回演出。当时的阿团十七八岁，风华正茂，跟发小姊妹们一起加入了政府免费开办的夜校，开始接受师傅指导，学习古装戏。戏剧作为普罗大众喜闻乐见的艺术形式，尽管阿团没上过学，也不识字，但她发现自己也能在师傅的指导下，模仿着一句句唱腔、一个个细微变化的神情。阿团的努力被肯定了，她被允许参与排演正式的戏曲，并在周围各个村庄巡演。

1958 年夏季，全国农村实现公社化。阿团也成为公社中的一员，被编入文工团。那时候阿团白天八点开始务农到傍晚，走到煮大锅饭的祠堂吃晚饭。饭后八点左右，伴着草油灯摇曳的微光，她跟着文工团团友们继续排练戏剧，常常是十点多钟才能回家。每年三月初二、五月初五等日子里，村里大队依着农村的习俗，组织文工团表演戏曲给村民们庆祝节日。

卷入浪潮的生活

此后，阿团响应号召，跟着大队集体去洗铁砂，炼铁！之后，又被分派到泉州石头街附近的松荣（谐音地名）种树。等大家在这一地区种满树了，就接着去另一个地方继续种。

同年十月里，一个同村人风尘仆仆地找到了正在铲土挖坑栽树苗的阿团，传口信告诉了她养母过世的消息。“因为感染风寒不治，很疼我的养母走了，生前还跟给她开药的陈大夫念起还未帮我料理婚事。”坐在家里椅子上的阿团显得很平静，抬起手轻轻抚了抚眼睛。“我还清楚地记得赶回去的路上我没哭……只不过回到家重新见到八个月不见的哥哥们……”。

不久，在媒人的介绍下，阿团与同生产小队里的阿凯相识并交往了。阿凯是个务实的人，他也是被人家抱养的孩子。两人身世相同，在关系确定后很快见了家中的长辈们商讨结婚事宜。“当时就是很简单的，我们两个一起去大队那里领了一张结婚证，就算结婚了。”不久后阿凯去参军了，阿团就搬去与婆婆同住，两人偶尔会一起去探望阿凯，但婆婆腿脚不便，所以大多数时候，是阿团独自一人去部队。当时路上的车很少，几乎也搭不到什么车。阿团就从晋江陈埭村走到惠安县部队所在处，要花整整一天时间。路上遇到大山，就翻山而过；遇见小河，没有船，也只能涉水而过。阿团一路没停过，走得双脚剧痛，脚底长茧，但若走走停停总是休息，第二天都到不了。一路上阿团想说的话千千万万，但在见到阿凯时，脱口而出的只剩：家里挺好的，你最近怎么样？

自私一点好像也没错

时间如白驹过隙，一跃已到了人民公社化运动高潮时期，约莫1959年夏季，阿凯退伍回村后，双脚先是踏入家门，便很快踩进泥土，在农田里耕作起来。

1962年，阿团的大儿子呱呱坠地；五年后，二女儿也降生。在二女儿出生后不久，阿凯当上了生产队小队长。此后，每晚阿凯都要记录每一社员当日的工分，逐月累计，最后交由生产队会计核算。虽然劳动得越多越久分到的粮也越多，辛勤劳作也可以让照料几个孩子没空务工的阿团多吃上一点东西。“但那又怎么够呢？当时就他一个人去工作了，单凭那点工分，分到的粮怎么够一家老小？几乎每个月都超支工分借粮。”

那时候逢年过节，各小队长都要帮忙分派大队加菜给每家每户的一小块肉，阿凯好面子，在家里也一副大男子主义作风。每当分了肉，吃之前就一定会在孩子们面前诉说自己这一年如何如何辛苦，然后把肉全都吃掉，不留一点给口水直流的孩子们，而两个小儿子又尤其不喜欢他的做法，暗地里埋怨阿凯。

争吵、分离、团聚

就在这样条件下，阿团的二儿子、三儿子也出生了，两人年纪相差三岁。好在长子、长女都大了在劳作了，初中的二女儿也能领着两个弟弟上小学了，帮着阿团照顾弟弟妹妹了。但最后两个儿子调皮捣蛋，天天给家里添乱。

随着孩子越来越多，闯的祸也越来越多。阿凯的脾气，也像极了那灶房里的带着火星的柴，随着不断的添柴鼓风，火也愈烧愈烈。最后演变成几乎每一天，只要是阿团不小心在汤里放多盐，或是说了一两句不称阿凯心意的话，诸如此类的家庭琐事都会让夫妇两吵得不可开交，每当两人怒火都升到最高时，阿团就会一气之下跑出家门。一旦阿团逃离斗嘴现场，阿凯就又很快恢复了平静，还会让孩子去追阿团。

那时候菜肉都供应得足了，只不过阿团家里还是比较穷的，往往只有等到过年才有鱼、有肉。接近农历十二月廿三，阿团就会让孩子们帮忙动手一起做年糕囤着来年吃。“以前是蒸了几十碟年糕。用一个个的碟子装起来蒸，可以说是不舍得吃也可以说是吃不完它们，从正月初一起就一直摆在桌上，直放到三四月春风来，天气潮湿让年糕都发了霉。可我们还是会刷掉霉斑重新煮一下，或者油炸后再统统吃进肚子里。当我们放学回来饿了的时候，就随手拿起切一小块来吃，可以说算是我们的零食了。”二儿子描述了当时的情景，也不断地感慨道，“那时候还不都是因为饿，没东西吃。不像现在都商业化了，以前家家户户都要做，现在根本也没什么想吃”。

1978 年的一天，阿团收到了一封信，是 1969 年就去香港的婆婆寄来的。信中说香港有政策可以允许长者家人移民香港，以探亲团聚。

1989 年一辆大巴车开到了深圳，上面载着阿团母子俩。“那时候到香港去是要坐船，但那辆大巴是直接开到船上去的”，阿团在牵着小孙子上补习班的路上说着，“也差不多是这个时候，夏日入夜七点钟左右，车就停了下来。”

当年刚踏上香港土地，看着漫天烂漫晚霞的阿团，已经五十岁了。

（文 / 李玉萍）

关关难过，关关过

面对人生磨难时，他始终坚定自己的初心，不曾气馁、不曾放弃人生理想。他美好的精神品质和独特的个人魅力感染了一代又一代的学生，他就像一个永远不知疲倦的园丁，勤勤恳恳、兢兢业业地培育一朵朵幼苗，细心呵护助他们成长……

幼年已识穷滋味，苦中寻乐也作美

那是在一个平平无奇的日子里，这个全新的小生命正扯着稚嫩的嗓音，“哇哇大叫”地落户在一座木瓦平房里。虽然何嘉伟来自闻名遐迩的“鱼米之乡”顺德区，但在他的童年记忆里，“穷苦”二字却贯穿了自己整个童年。

何嘉伟出生不久便赶上了20世纪60年代初的“自然灾害”。“当时我们一家五口，只有父亲在皮鞋厂工作，每月工资才几十元。

记得父亲没办法只好从工厂跑出来帮别人干活，多赚点钱养活家人。”何嘉伟语气深沉地回忆道。

由于当时粮食供应紧张，城镇居民的一切用品和食品都得凭票证供应。在这个凭票的时代，人们买肉自然是希望卖肉的人能多给肥肉，可以多点油水下肚。也许正是幼年时期营养跟不上的原因，何嘉伟的个子不算高，略显矮小。

对于何嘉伟和他的弟弟妹妹而言，早餐能吃上盐油饭无疑是贫苦年代的“梦想”。他说：“我的母亲为了我们能多吃点，自己很少吃早餐，有时候用开水把锅里的饭粒泡一下就是一顿早餐。”在他的记忆里，豆丁一般的弟弟哭着闹着要母亲煮盐油饭吃的场景仍历历在目，“因为实在太饿了……”何嘉伟感叹道。

当时何嘉伟一家是住在一个小小的木瓦房里，家里只有木床，竹、木椅子和石板，可以说是“夏凉冬更凉”。当时他们住的地方没有电灯，所以何嘉伟必须在白天完成作业。靠海地区刮台风也是家常便饭。每逢过冬，何嘉伟一家人就要面临冷雨屋漏的情况。“下着大雨我很害怕地问妈妈：房子会不会倒塌，没屋住怎么办？”何嘉伟说道。“当时马路上很多树被大风吹倒了，作为一个小孩住这样的房子，你说怕不怕？”

改革开放前有句俗话叫“新三年，旧三年，缝缝补补又三年”，是形容那时候人们穿衣更替的状况。当时城市里的各家各户都会领取每年一丈三尺六的布票，临近过年时就去买新布，买完回家自己裁布制衣，等大年三十晚上大人小孩才能穿上新衣服。对何嘉伟来说，小时候的自己在冬天时，不是穿父亲的旧毛衣改成的毛背心，就是穿舅舅的唐装裤改成的裤子，抑或是穿爸爸的工作服（相当于今天的牛仔布衣服）过冬。而他们一家冬天盖的棉被，还是何嘉伟出生时才买的，那被套烂了补、补了烂、烂了又补、补了又烂，一张被套上全是五颜六色的补丁。

“穷吗？穷！苦吗？苦！但是苦中也能找到乐子！”作为家里的长子，何嘉伟不出意外地得到了家里长辈们的殷切照料。“前几年家里只有我一个小孩，当时我每天都能吃到一个金山橙。”何嘉伟说道。除此之外，“蹭”着早些时候他的父亲是当“收买”的福利，有时候父亲收买到一些绒大衣、飞机恤或者皮拖鞋的话就会拿给他穿。倘若要说起童年时最幸福的经历，非“吃西餐”莫属——有一次中午，何嘉伟的父亲带着他们一家五口去餐厅吃西餐。时至今日，每当回忆这个场景，何嘉伟的内心总会有所触动：“长大后才知道那一顿西餐花了父亲多少个日日夜夜的辛劳才能吃到。”

与现在生活安逸的小孩子相比，小时候何嘉伟只收到过父亲买的一个玩具，那是一台价值一元五角钱的运货车。收到玩具后的他高兴极了，“这辆玩具小车让我玩了好几年。”

寒窗苦读路坎坷，终成西宾尘埃落

对何嘉伟来说，天真烂漫、无忧无虑的童年时光在不经意间溜走了。在父母的陪伴下，何嘉伟开始踏上长达十余载的求学路。

说起小学记忆最深刻的一幕，何嘉伟立刻想到了一年级上学期语文课的最后一篇课文。那篇课文主题是“缝棉衣”。何嘉伟对其中的具体内容仍牢记心中：妈妈给我缝棉衣，一针一线缝得密；妈妈缝衣多辛苦，我穿棉衣要爱惜。巧合的是，学这篇文章时已经是学期末，那会儿正值寒冬，冷风簌簌，于是，《缝棉衣》不仅刻在了学子们的脑海里，更是刻在了心里。

何嘉伟还提到，在小学阶段，学生都是通过老师读报、学校开大会的方式获知新闻；或者在学校组织看电影时，放映前都会给学生播放一些新闻纪录片。他就读的小学当时开办了各种特色班，比如体育班，其中包括乒乓球队、体操队等等各种各样的体育项目队。得益于当时体育教学建设被高度重视的背景，何嘉伟的校友后来成为一名乒乓球女子单打世界冠军。

60 年代的师生关系非常的淳朴真诚，学童的父母们“尊师重教”的表达方式也是十分的简单朴实——何嘉伟的母亲曾经让他用碟子盖好一碗芝麻糊，拿回学校送给他的班主任张老师。“那个年代能吃上一碗甜甜的芝麻糊，是一件非常难得的事情，”他补充道。“正是因为我的母亲知道老师教育孩子辛苦，才会选择用一碗珍贵的食物来表达内心的谢意。”

1973 年，何嘉伟来到现在天河区瘦狗岭的第一师范学校就读，由于当时不是考试制度，而是分配制度，何嘉伟被安排在历史科里学习。“刚开始我们在从化山区的吕田校区学习了两个月，后来才在瘦狗岭校区一直读到毕业。”

三尺讲坛四十载，桃李硕硕遍地开

1974 年 8 月 23 日，何嘉伟和其他几个师范生一起来到当年的铁路教育办公室报到。他们被派往去刚成立一年的广铁二中报到任教。他们几个年轻人体力好，干脆骑着单车来到这座立在山坡上的中学报到。

和如今现代化教学设备齐全的基础设施建设相比，昔日的广铁二中可以说是有些陈旧破落——教学设备相对简单，学生们是在小学部一幢三层楼房和后面的一排平房上课，老师就是靠着一本教科书、一支粉笔和一张嘴上课，有时会用挂图配合课程。到后来，学校归地方管理后，教学设备情况慢慢有所改善，增加了不少先进设备，整个教学变得丰富些。

何嘉伟在学校负责高一和初一跨两个年级的历史课。从 80 年代早期开始，何嘉伟担任年级长，90 年代初开始在学校的教导处协助德育主任工作，1995 年开始担任教导副主任，主管学校德育工作，后来就任教导主任一职，直到 2014 年退休。

起初广铁二中只招铁路职工子弟，有些转车跑班的职工经常不在家，对自己的小孩的管理相对欠缺，自觉性差的小孩容易出现问题。后来增加了外来务工子女，他们的家长多数缺乏受教育的机会，且家长每天忙于生计，导致问题学生不断上升，学校教育工作的难度进一步增加。作为学校德育主任，何嘉伟必须扛起重任，带领教师队伍，特别是班主任团队开展合适的德育工作。“老实说，当时学生抽烟、喝酒、勒索和打架的现象都不少，甚至打群架都会时不时地发生。但是面对这些问题学生，我们没有气馁、没有退缩，尽自己最大的努力，正确地教育他们，引导他们走上正路，”何嘉伟面色坚定地说。“有时发现一些偷钱物的学生，我会适当运用心理战术，解决问题。”正是有了这些巧妙的教育方式，学校的领导也高度肯定了何嘉伟的能力，后来在一次区德育工作交流会上，一位领导说：“何主任是我们学校的 007！”

“我遇到过早恋的女学生，她不回家跟男朋友跑了，她的爸爸妈妈几乎天天来学校流泪，他们希望老师找到孩子让孩子回家。这种情况我只能与老师、家长和其他学生一起想办法找学生。让学生回到学校后，我还要对个别学生开展心理、健康和法规教育，才能彻底解决问题。”何嘉伟说道。长期站在育人前线的他，深知保护学生隐私是至关重要的，“遇到这样的女生一定要注意保护她的隐私，只有尊重她的人格，我们的教育才算成功。”

“其实十几岁的孩子可塑性还是很强的，只要我们老师能正确引导，长大成人后他们都会有所改变。”何嘉伟继续说道：“几十年的教育经验告诉我，毕业工作后，或者是组建家庭后，很多差生与老师的关系密切。”不少毕业后的学生，与他关系更亲切，见面问候更多，而这位老教师的手机里，存有不少的校友微信。“为什么？因为我花在这些所谓差生身上的时间更多、交流更多、关心更多。”他自豪地说道。他教过的学生里，就有一位 92 届初中毕业的学生，当年也是个调皮捣蛋的学生，被何嘉伟批评过好几次后改正了问题。不曾想，十几年后，这个吊儿郎当的少年郎经过努力，成为了国内擅长谍战推理片的著名导演。

严厉耿直的何嘉伟也是个急性子的人，“有的时候情绪容易上头”，不过，往往在“疾风骤雨”之后能扭转乾坤，化为“和风细雨”。何嘉伟心思细腻，平日里的观察也是相当细致入微。他在学校时总是会留心观察一些细节，从中能发现问题，从而防患于未然。

为了让学生心服口服，何嘉伟在为人处世上总是“严于律己”，务求发挥榜样的作用。他的学生曾经在一篇周记上谈到关于“学校严禁泡沫饭盒”的规定，并且说道：“何主任从来都是自己带一个铝饭盒去吃饭的，不搞特殊，就算学生被他抓住了，也无话可说了。”在何嘉伟潜移默化的影响下，广铁二中治理泡沫饭盒的成效颇佳。

执教四十年期间，何嘉伟始终与学校保持荣辱与共、相互依存的紧密关系。

在这几十年里，他遇到过离家出走的小女孩，遇到过打架大王，也遇到过逃学学生。他制定了每月“学生仪表检查制度”“班风建设评比制度”、每月“规范化教室检查制度”、每周“卫生桶清洁检查评比制度”等相关制度。他也坚持每年都带领初一新生到“青少年教育基地”进行短期军事训练，带队组织初二学生到广州市劳动技术学校开展“三防”教育。

然而，生活对何嘉伟来说是残忍的，他失去了与爱人共同抚育了十八年的儿子，成了失独家庭；他把对孩子的爱转为对学生的爱，把一切精力都投入到工作中，如今已经是“五湖四海桃李开”。

“甘守三尺讲坛”四十年后何嘉伟光荣退休，与自己的爱人过上了难得的清闲生活。“我是个劳碌命！”何嘉伟笑着调侃道。在过后几年，何嘉伟收到了学校领导发的返聘邀请，身体硬朗的他仍然义无反顾地回到学校，再度“拥抱”熟悉的历史课本，走上讲坛解惑释疑。

尼采曾说过：“每一个不曾起舞的日子，都是对生命的辜负。”听到这句名言，何嘉伟笑着摇了摇头说：“日子哪有那么诗意，按我们老话说，不过就是‘关关难过，关关过’罢了。

（文中人名均为化名）

（文 / 余佩掀）

一名乡村教师的沧海浮沉

赖德富今天又跟平常一样，走到了曾经任教的小学门口。校门被紧锁着，现在正是课间休息的时间，眼尖的孩子发现了他的身影，赶快冲到校门口和他打招呼，更多的孩子被吸引过去，每个人都笑着跟他说：“赖老师好！”孩子们的声音一如既往地富有活力与朝气，赖德富也回应着他们的热情，微微地笑了起来，突然又板起脸问：“你们有没有好好学习啊？一个两个的还是那么调皮！”很快上课铃声响了，孩子们纷纷和赖德富告别，“赖老师再见！”赖德富注视着他们，不忘嘱咐一声：“不要跑太快了，小心摔倒。”很快，教室里传来朗朗读书声，赖德富伴着这个声音，默默地朝家的方向走去。

赖德富已退休两年。常年的习惯使他现在仍时不时地去自己任教过的小学门口走动，看一下学生们的近况。他笑着说：“在这里教了十多年书，还当了近十年的校长，对这里的感情不深肯定是假的，在这期间也带了不少届学生，看着他们慢慢成长、毕业，更上一层楼，逐渐从稚嫩变得青春，心里也是感慨万千。”

“我只有高中学历，知识量比起现在的年轻教师要少得多，连英语都说不好，也没有精力再去掌握这样一门学科，及时退休对孩子们好像也是一件好事。”他有些自嘲，然后变得沉默起来。

赖德富很晚才上学，在上初中时就已经是当时高中毕业的年纪了。他的父母本来希望这个最小的儿子像他的哥哥姐姐们一样，有一个小学的学历就足够了。可是赖德富内心对知识的渴望，让他与父母展开博弈，他请求父母让他继续上学，父母考虑家中的境况还可以，于是同意了赖德富的请求。

赖德富兴高采烈地去城里上中学了，他性格比较腼腆。在学校他与志趣相投的同学成了朋友，并与他们谈论各种理想。

两年的初中时光匆匆过去，朋友们因为各种原因不再继续求学，赖德富却选择继续读高中。在高中努力的学习，让他取得了优异的成绩，这使赖德富的父母很是欣慰。赖德富继续回忆：“我当时以为他们两个会强烈反对，毕竟在农村很多像我这个年纪的人，早就不再上学了，甚至有些已经成家了，我对于他们的包容十分感激。”

沧海沉浮

高中毕业后，赖德富开始了谋生之路。他决定到更大的城市去闯一闯。于是他去了成都。

赖德富找到了一份稳定的工作——作为一个食品加工厂的员工，

尽管非常忙碌，但过年时还能回家看望一下父母。

每天看着同样的景色、做着同样的工作，使他身心疲惫。对于成都的新鲜感已不复存在，他年少时想出人头地的理想破灭了。赖德富躺在自己的床上，在寂静冷清的夜里总是会想起父母慈祥、和蔼的笑脸，他的眼睛似乎看向了不知名的远方，“有时在醒来时发现自己躺在一个陌生的地方，回过神来后就只剩默默无言，我以前上学时背过很多古代文人墨客的思乡诗词，可是从来没有像那时一样更让我明白其中蕴含的深情。”

转眼间，赖德富已经到了适婚的年龄，赖德富的父母开始为他成家一事而操心。在每次回家的空档，父母总是会让他相亲，幸运的是，赖德富遇到了很聊得来的相亲对象。虽然在初次见面时都因为害羞而没有说过什么话，不过熟稔之后，赖德富发现她是一个勤劳朴实的姑娘，于是，决定与她步入婚姻的殿堂。之后两人的婚姻生活还算比较美满。几年之后，妻子给他生下了一男一女。

不幸的是，在临近四十岁的时候赖德富失业了。再就业对于赖而言不是一件易事。家人们察觉到他的苦恼，建议他可以试试教师这个职业，赖德富思考过后，认为自己可以胜任教师一职。于是，他去应聘一所农村的学校，成为一名数学老师。他说：“那是一个在 20 世纪 90 年代看来较为一般的农村学校，与我的孩子上的城里学堂的质量相差很多，举例来说：这个学校有二年级的话，一般就不会有三年级或四年级，没有围墙，泥土地的操场，校舍只有一栋，总共两层楼，上面一层是初中生的教室，下面一层是小学生的教室，办公室只有一间，位于二楼的尽头，五个老师轮流教小学和初中。”

他慢慢回忆，“一个年级一个班，每个班的孩子都只有二十多个，有很多家长没有余钱让孩子上学，不过不出意外的话孩子们在这里可以一直升班，因为没有什么多余的门槛。”百分之百的学生在上完初中后不会想着再进一步，他们大多是早熟的贫苦农民的孩子，不愿给家里增添负担。

决心已定

乡村学校的孩子们都是翻山越岭到学校来上课，山路一般都比较陡峭。下雨天更是危险，年纪较大的孩子也会满脚泥泞，年岁较小的学生来上学更是辛苦，起早贪黑地赶到学校。虽然环境比较艰苦，但是孩子们几乎没有缺勤的记录。

孩子们求知若渴，尽管学习环境不尽如人意，有些连教材都没有，但孩子们仍然聚精会神地听他讲课。“那令我十分动容，这些孩子们都渴望着知识，他们深知学习机会的不易，于是更加努力。我没有什么能做的，只有从工资里拿出一点钱给他们买教材。”他曾经去过一些与他同村的孩子家里进行家访，居住的房屋与自己家的土屋没有太大区别，甚至更差。不过大多数父母还是陪伴在孩子身边。赖德富有些惭愧，“我之前一直远离家人，在异地努力工作就是为了能够给他们更好的生活，可是在我当上教师后，看着那些孩子，我才产生了一种深深地不能陪伴在孩子身边的悔恨。”他的神情带有一丝遗憾。

赖德富的新工作虽谈不上忙碌，但他对孩子们的健康成长有着很强的责任心，经常询问孩子们的家庭状况，对于他们的学习状态十分关注，也带着他们锻炼身体。工作之余，就是帮忙干家里的农活，“妻子知道我总是拿工资的一部分给学生们买书或是其他东西，我们也深知家庭生活的不易，不过她却从未责备我，并且对我的这种行为表示支持，我何其有幸。”

这所乡村小学也有些转变，年轻老师们来来去去，只有他和校长一直坚守在这里。回忆起那位比他更加尽责的校长，“校长是一个非常幽默的人，我刚刚到那所学校时，他勉励我努力适应学校的生活，对于较差的教学环境和条件他不以为然，他说：‘我们虽然在教学的环境和条件上比不上他人，但是我们可以怀有更大的教学热情，给予学生们更好的教学效果，这才是我们努力前进的方向。’校长的这一番话极大地鼓舞了我。”在 2004 年初，校长即将退休。在临别之时，他鼓励赖德富要坚持做一个教育工作者。但之后却迟迟没有继任的校长，这令老师们感到惶恐，不出意料的是在 2004 年的学年结束时，这所学校被关闭了。

主管部门决定让初中部的孩子到城里更好的初中就学，而小学的学生们也可以选择到另外的乡村小学或城里小学就读。学生被安顿好以后，就是老师们的安置工作。因为老师的数量很少，所以被调到了另外一个村的村小学里任教。赖德富因为教龄较长，主管部门询问他是否要到城里的小学教书，他毅然地拒绝了。他解释道：“我已经五十多岁了，早就适应了这种乡村教师的生活，让我到城里教书，反而感到不自在，乡村小学让我感到更加亲切，其中说不定有我在原来学校教的学生。”不无意外，他在那里看到了许多熟悉的面孔。听到他们亲切地喊着“赖老师”，他十分地感动。

迎接改变

赖德富很快就适应了新学校的生活，跟原来一样，教师只分校长和普通教师，他是普通教师里年纪最大的，儿子和女儿已经开始工作，其他比较年轻的教师就只比赖德富的孩子们大几岁，赖德富对他们也格外亲切。赖德富同以前一样，同时教好几个年级的数学，同时包揽了学前班的教学，他是学前班的班主任。每一届的学前班都是由他进行教学，到了一年级以后才由其他老师继续教学。这个学校的老师只有六个人，不过环境相比以前那个要更好一些。

这所学校才任教两年的校长被调任了，赖德富便成了新校长。刚刚当上校长的赖德富有些焦虑。学校里的老师来来去去的频繁，赖德富能理解他们的心情。确实在这样一个乡村小学教书是没有太大前途的，所以他来者不拒，去者不留。对于各种事务性工作他慢慢地熟练起来，他仍然秉承着之前的理念，帮助家里有困难的学生，越来越多的孩子来这里上学。

2008 年，一个稍微有些特殊的孩子来到了赖德富的学校。他是一个有点智障的孩子，因为城里的学校都不肯接收他，所以他的妈妈把他带到了这个学校。已经 11 岁的他与学前班的学生们成为同窗。孩子的父母长年在外地打工，祖父母抚养时，面对高烧，他们延用农村的土办法医治，导致了这个孩子的不幸。他母亲眼里含着泪对赖德富说，我只有这一个孩子，我还是希望他能够受到正常的教育，希望赖德富能帮帮他。

这个孩子倾注了赖德富很多的心血和耐心，每当他放学回家的时候，他会跟赖德富打很多次的招呼，而赖德富也不厌其烦地回应着他，直到他走得远了，才收回自己的目光。其他孩子有点不愿意和他接触，可是赖德富一直耐心地教导其他小朋友和他一起玩，渐渐地他有了一起回家的同伴。

他在学校期间向家长们收取的各种学杂费很少，同时带领老师和学生们参加城里小学各种各样的比赛，并且获得了一些奖项。他鼓励孩子们勇于表现自己，积极报名参加比赛，不少人取得了不输于城里小学生的成绩。这一系列的成果引起了主管部门的注意。学校也因此得到了资金进行修缮，孩子们能够有更好的学习环境。在赖德富任校长的十年中，罕见地出现了从该学校毕业并考上大学的学生，这是前几任校长在任时没有出现过的。孩子们对于学习的态度也比以前更端正，每个孩子都十分喜欢他。

曾经有一个孩子对赖德富说，等到她大学毕业后，一定会回到这所学校像他一样教书育人，赖德富欣然地答应了她的请求。他知道，她是一个十分聪颖并且努力的孩子，不仅在他的班级中成绩名列前茅，升上初中和高中后也十分优秀，表现毫不逊色于在县城上小学的孩子，赖德富对于她的未来寄予了美好的祝愿，他坚信她会取得成功。最终，这个女生考上了一流的师范大学。

赖德富的故事并不传奇，甚至过于平庸，他经历过挫折，之后当上一名乡村教师是他人生最大的转折点，也成了他人生最后的归宿。他和这些农村孩子们一起成长，带着他们迈向未来。尽管对孩子们来说，这只是他们生命中短短的一段时间，但是赖德富认为这是他最幸福的时光。“我不曾想过让他们每个人出人头地，只是希望这些孩子都能在这个学校拥有一段值得珍藏的美好童年以及积累原始的知识。我想，那才是我的职责所在。”

（文 / 黄燕）

“的哥新人类”的五年的哥路

5 月 9 号这天晚上，刘师傅提前跟同事交了班、回了家，今天是妻子的生日，他想亲自下厨给妻子做点好吃的。

在厨房里忙碌了一个多小时后，小小的方桌上多了五盘家常菜。刘师傅举起手机，拍下自己的劳动成果发布在朋友圈，刘师傅感慨，从老家到广州，妻子已经陪她走过十八个年头，而今年距离他第一次到广州，也已经过去二十一载春秋。

1996 年，早早从初中退学在家无所事事的刘师傅，在清远老家同村的几个兄弟的吆喝下，决定到广州闯生活，他的第一处落脚点选在了广州北京路。

彼时的北京路繁华盛况与今无异，骑楼群集中的北京南一带的商业更为兴旺，集中了多个小商品集市。刘师傅就在高第街的皮鞋商店里做工，帮忙销售皮鞋。

皮鞋店的老板是刘师傅同乡的大哥，在北京路就开了好几家门店。90年代初，他开始在广州做皮鞋贸易，专门做一个台湾的牌子，最后拿到了该皮鞋公司在大陆的总代理权。来自西安、四川、湖南等地的二级代理商从他这边拿货。

眼看着生意越做越大，运输这块的任务越来越重，卖了一年皮鞋后，刘师傅便被老板叫去学开车考驾照。2000年前那时候会开车的人的比例并不高，有车一族更是屈指可数。即便是在广州这个大都市，人们出行的主要代步工具还是公车、摩托车、自行车、三轮车之类。很快刘师傅就拿到了驾驶资格证，“十个里面也就两三个而已吧。那时学车的人少，不像现在这样，考个驾照前前后后就要排很久。”

开着老板配的面包车，刘师傅跑遍珠三角，也逐渐摸清楚广州的大致情况。从2000年起跑到2012年，刘师傅在跑，老板的公司、广州的发展也在马不停蹄地向前奔跑。到2012年，随着老板公司管理进行改革，刘师傅等一批公司的“老人”离开了奋战了十余年的公司，转行做其他事情。

“谁让我们没文化呢！”刘师傅戏谑又无奈地说，又叹了口气。

刘师傅没有在微博提起自己离开时的处境。那段时间，他没对任何人提出心里的苦涩与不甘。

在辞职后，刘师傅本无意做出租车司机。2013年这一年，他辗转做过多份短工，最后还是在老乡的介绍下，加入了出租车司机大军。

“一来，慢慢年纪有了，不能像二十几岁后生仔一样想做什么就做什么；二来，之前一直都是开车营生，也算是回归了老本行。至于工资，虽然不多，还是可以养家糊口。”这是刘师傅对目前工作的评价。

现实生活中，刘师傅是一个普通的哥，而在微博上，刘师傅是一个加V认证的的哥。“@的哥新人类”是刘师傅的微博ID，刘师傅现在也称得上是一位微博资深用户了。但七年前的他没有想到，“@的哥新人类”会成为他的一个鲜明的标签，也不会料到，未来的一天他会和出租车行业的发展紧密捆绑在一起。

刘师傅几乎每天都会登录微博更新状态。2013年3月15日，是他第一次在微博里发布了与出租车这一标签有关的内容：庆祝开工大吉（配图：百威一瓶）。

在微博上，刘师傅不仅仅是个“老司机”，每当在行车过程中遇到不文明的交通现象或突发交通事故，他都会用手机随手拍下发布到微博，并@有关部门进行关注。“五类车”“套牌换牌随意修改车牌信息”“占道经营”“出租车运输乱象”……一个一个被反映过的问题，慢慢得到解决后，刘师傅也会将其反馈到微博上。

久而久之，这就成了刘师傅的一个习惯，路见“不平”，拍照反映。

“干一行，爱一行。”虽然随着时代发展，出租车司机头顶的职业光环早已黯淡，再也没有八九十年代时候的风光。但刘师傅并不在意这些。刚入行时，他信心满满地给自己算了一笔账，定了一个工作计划，从早上7点起至24点止，划分了四个时间段，并设定了每个时间段的营业额小目标，最终实现一天跑15个小时赚取1000元营业额的总目标。

不过，即便是这样长时间、高强度的工作，刘师傅还是不能保证这个目标的达成。回忆起当初的美好理想，刘师傅现在变得现实多了。

正因如此，本地司机评估了行情后纷纷离开了老东家，转业去做别的工作，导致出租车司机这一职业出现大块空缺，这块空缺就被外来司机群体给填补上，这一行业也被他们占据了半壁江山。

2014 年可谓出租车行业的一个重要的转折点。

刘师傅正好赶上互联网企业发展的黄金时代。彼时，国内各种互联网产品呈井喷之势，其中包括打车软件。在出行选择方面成为一股强有力的不可忽视的力量，并席卷了整个出租车行业。

2013 年底，打车软件公司以城市出租车作为运营试点，在广州各个出租车调度点进行地面推广。刘师傅也是在等候机场接客的空当里，被地面推广人员推荐，安装了打车软件。

推广期间基本上所有的出租车上都安装了。“他们有专门的人员在机场免费给出租车司机安装，还给送一些小礼物。”

如果仅仅是以“方便司机接单及乘客打车”为由，恐怕不足以让打车软件的影响力在短时间内迅速扩张。刘师傅说，没有一个司机会拒绝接单补贴。同一个单，普通的运输任务只能赚一笔钱，而用平台去接单，在赚到这笔运输车费的同时，还可以获得额外津贴。事实证明，这种烧钱补贴策略在前期推广上是成功的。尝到甜头的司机，就会向身边的同事推荐，一来二去，就建立了口碑，大家就都用上了这个软件了。在调度方面，平台利用高峰用车时间、分布情况等大数据进行分析处理并实时反馈给司机，提高了调度效率。

刘师傅对公司调度和平台调度进行了一次对比。公司对出租车的调度一般都是通过车上配备的通终端进行信息通知，或者是由乘客通过打电话到客服预约、再由客服联系公司将信息发送至司机的通终端，由司机确认后再沿着来路传递回去。这套方法放在十年前还可以，现在早就应该被淘汰了。出租车公司的调度平台已经无法高效地承担调度功能，而打车软件在这方面的表现远胜一筹。

刘师傅没搭上出租车行业黄金时代的末班车，倒是赶上了互联网发展的早班车，体验到了互联网公司营销大战为出租车行业带来的短暂却巨大的利益和影响。

然而，2014 年后，一切都改写了，最开始让出租车司机使用打车软件接单，然后让更多的乘客使用打车软件。等乘客都在用打车软件的时候，平台开始推出了自己的租车服务。虽然公司也嗅到了一丝商机，在软件平台推广前期打算在现有出租车服务的基础上推出高档租车服务。尽管这个想法也落地实现，但是却没有真正及时推广到市场。为了挽回一些损失，现在公司会请自己的司机驾驶这部分车在平台上接单。

进入到 2015 年，全国开始对网约车进行整治。

2016 年年底，共享单车登陆广州，一波未平一波又起。共享单车的威胁不及网约车，但出租车市场的短途运输相应减少了许多。虽然比起短途，刘师傅更喜欢跑长途，在相同时间收入情况下，跑长途比短途舒适得多。但跑长途并非时时有，如果生意难做，短途才是运营收入的主要来源。用共享单车应付两公里左右的行程，对乘客而言，骑车的各个成本都远远低于打的。对此，他也束手无策。

刘师傅并不反对共享单车，相反，他也热衷于在闲暇时候和家人一起踩着共享单车出去玩。

当外部市场稳定了下来，就要开始处理内部矛盾了。

前几天，刘师傅转发了《信息时报》的头版页面，在头版正中位置用大号的黑体加粗字写着“广州的士运价有调升空间，但行业改革不能只是调价”。对于这次出租车行业改革，调整的士费，刘师傅举双手支持。

刘师傅在这行不过五年光景，却感受到了比一些干了三十年的老司机所经历的更为跌宕起伏的行业冲击。他说即便现在这一行不好做，但他还是觉得，只要政府不放弃出租车，这份行当就不怕赚不到钱。

“少是少，辛苦是辛苦，但是风险低。”

对比刚入行与现在的照片，刘师傅疲倦憔悴了许多。未及不惑之年，青丝已部分变为白发。他有时也会感慨，自己确实缺少锻炼，需要多一些运动了。只不过，早上七点发车，晚上八点收工的他，常常连一日三餐都无法准时吃，这个运动计划，可能要留在微博上，被无限期搁置了。

当他每天清晨七点准时启程，在接到乘客之前，他不知下一站会开往哪里，但他知道，无论外面行情怎样，这个时代，有时要随机应变，有时要以不变应万变。现在他确定的是，他都会一如既往地将这趟车开下去，驶向未来下一个五年。

（文中人名均为化名）

（文 / 陈梦璇）

和过去的自己说

接受采访时，李丹颜显得有些害羞。这个 53 岁的女人有些瘦小，很爱笑，笑起来有两个浅浅的酒窝。

李丹颜在家中排行老三，上有两个哥哥，下有一个妹妹。当时家里没有什么钱，但因为爷爷奶奶都到新加坡去谋生了，有番客的家庭总要比一般的家庭稍微好一些。农村家庭虽然没什么钱，但只要家长稍微注重培养孩子，还是能让孩子们都去上学的，李丹颜的父母就很重视。才几岁时，父亲每天晚上教他们读毛主席诗词。

八十几岁的父亲是老高中生，这在当时比现在的重点本科还要难考，“他文言文很厉害的！”李丹颜提起父亲来，一脸骄傲。

当时，艺考是最好的选择

初中时，李丹颜偏科严重，文科不错，尤其是作文写得很好，数学也很好，可其他的成绩一塌糊涂。“物理化学压根拿不到什么分，英语也很差，这种情况下我肯定很难考上高中的。”正赶上中考那一年，潮州韩山师范学院开设了第一届图音班，面向整个潮汕地区进行招生。李丹颜声音很好，她很喜欢唱歌，朗诵、跳舞也都还过得去。

当时社会需要大量的小学教师，国家对师范教育特别重视，也给师范生提供了很大的福利。不仅食宿学费全由国家负责，毕业后工作都是安排好的。那几年，潮州韩山师范的录取分数线比当地的重点高中——潮州金中还要高出不少，许多家长都希望自己的孩子能够考上师范。政策一出，李丹颜心动了，她很想去试一试。这个决定得到了家人很大的支持。可以通过才艺考上韩山师范学院，不仅意味着她的中考压力大大降低，也意味着这个孩子从此就给家庭省下了一副碗筷，家里的负担能轻不少。

初中之后继续求学的孩子很少，懂艺术的孩子就更少了，家长更甚。而在这时，为了让李丹颜能更有把握地准备艺考，母亲专门请了个音乐老师来速成辅导她弹脚踏琴。“记得那时天气炎热，我弹得满头大汗，我妈拿着蒲扇坐在我身边不停地给我扇凉。”

最终，李丹颜以优秀的歌喉和两曲简单、流畅的乐曲，或许还以这两个可爱的酒窝，战胜了还差一公分的身高限制，顺顺利利地进入了潮州韩山师范的第一届图音班。

回想起来，李丹颜感到很幸运也很感恩，她很感谢当时国家这个政策。她知道偏科严重的自己难以考上高中，也觉得图音班对自己而言是非常合适的一条路。

三年师范生活在现在回想起来，学校纪律严明、老师上课一丝不苟、连校章管理都严格得很。

“我记得当时我的体育成绩很差，考试总是不过关，老师和同学们给了我很多的鼓励。当时补考跳高时，我怎么也不敢跳过去，跑到竹竿面前就本能地把竹竿推倒，围观的同学们急得直跺脚。”她又害羞地笑了，因为她想起班上的男同学们气急败坏，恨不得把她拽开直接帮她跳过去。

这三年所受的教育让她坚定要做一个好老师。毕业之后，她认认真真地当了十三年的老师，以不辜负那三年来自国家和老师的培养。

过去的荣耀

毕业之后，作为为数极少的优秀实习生，李丹颜顺利被分配到家乡最好的小学。因为当时师范培养目标是培养一批全能的、能够适应小学任何学科的人才，小学也很重视这些受过正规师范学院专业培养的老师。到了小学之后，19 岁的李丹颜承担了语文、音乐和思想品德课的任务。就这样，在父母心目中还是个小孩子的她，成了一群更小的孩子的班主任。

虽然在实习期间就显现出了出色的语感和很好把握课堂节奏的能力，作为为数不多优秀实习生进入学校，年轻的李丹颜还是感觉到很紧张。她知道一个好的老师不仅仅只是上好那 40 分钟的课，还得抓住每节课的重点、难点，设计好课内、课外的习题，让学生能够通过习题来巩固课堂上学到的知识。刚到学校时，学校缺乏对新老师的培训，除了上好这 40 分钟的课，她就不知道该让学生做什么了。

“我的确有着一腔热情，但这一腔热情在学生第一次单元考试后就被冷水浇灭了。学生在平时没有接触过试卷上的考试形式，他们不知所措，我自己一看到那些考题也懵了。”

李丹颜只能偷偷跑去看一年级其他两个班的黑板，看看他们的老师都是怎么布置作业的。她依葫芦画瓢，一点点地偷师，把从其他班偷瞄来的经验当作零件，一个一个地装进了自己这个崭新但单薄的教学设备里。

回想起来，学校没有要求老师要集体备课，也从没有问过新来的老师，在工作上有没有遇到什么困难。任何经验都是靠每一个老师从好与坏之中摸着石头过河而得出的。那时虽说小学教育已经很普及了，但社会上并没有任何机构出练习题本卖给学生，所有的试卷习题都得由老师亲自设计，再自己去印试卷，发给学生们做。

顿了一会，她又有些害羞地说：“我第一年带的学生也是亏大了，碰到我这么一个什么都不懂的老师。”

第一年过得很憋屈，到了第二年就好许多了，练习题的设计也得心应手起来。在教好语文课的同时，应上级的要求，李丹颜也开始摸索如何上好思想品德课了。1987 年，全国上下掀起上好思品课的热潮。全省各地的许多老师跑到这个小小的庵埠镇来观摩李丹颜的思品课教学。因为她教的是低年级的学生，加上自己从图音班毕业的基础，编唱一些简单的歌曲不在话下。每节思品课，李丹颜设计有趣的童话故事让学生上台表演，通过观看和表演来理解什么是对的、什么是错的，还会在下课前把每一节课的观点编成儿歌教给孩子们唱。这样的课堂生动有趣，新奇的教学方式让大家大开眼界。1988 年，22 岁的李丹颜被评为“南粤教坛新秀”。她还是那副有些害羞的模样，但眼里闪着自豪的光。

当时全省中小学各个学科一共评了 100 个人，号称“南粤教坛百花奖”，但只有 50 个人可以作为代表去广州参加领奖。不曾走出小城镇的李丹颜，就这样去了。道路崎岖，山路坎坷，颠簸了十多个小时到达广州，身上早已经是散了架了。“去的时候我很是开心自豪，坐上车才知道什么叫作舟车劳顿。我记得回家那趟车就坐了 13 个小时，回到家一见到我妈，我眼泪都出来了。”她笑了笑，捋了捋耳边的头发。“不过我想自己才教了两三年书，就获此殊荣，还是觉得自己挺幸运也挺了不起的。”

后来她听说，《广东教育》上以《她的课是一流的》为题，专门介绍了她的思品课。

慢慢地，热潮过去，没人再来听她的思品课，她也就将全部精力都放到语文的教学上。

她去参加潮州市语文课观摩比赛，讲的是《我要的是葫芦》。这一堂课下来，掌声雷鸣，全潮州的优秀语文教师都心服口服。

在教过的学生中，和李丹颜感情最好的那个班，是她从一年级一路带到六年级的班。6 年下来，作为班主任的李丹颜几乎和他们相处的时间比他们和家长相处的时间还要长一些，感情也很浓。他们三年级时，李丹颜回家生小孩，歇了半年的产假，代课的老师很难讨好她的学生，不论怎么努力学生都不买账。他们望眼欲穿地等着她回去，有一些学生甚至告诉她，自己做梦梦到丹颜老师又回学校上课了，第二天醒来，丹颜老师却还是没有回来。“我当时对这个班确实倾注了很多心血。

后来，1997 年李丹颜选择从学校辞职，是好还是坏，确实令人没底。虽然没底，李丹颜还是这样选择了。

十三年之后的离开与失去

1997 年，家里的生意势头不错，需要她辞职出来帮忙。

辞职之后，以前的学生们仍很喜欢她，毕业后的那些年也时常上她家里来看她。直到现在，当年那个体贴可爱的小班长还是每年来家里看她。

后来她才知道，刚辞职时教委一直没有将她辞职的事情上报到教育局，还抱着让她回去继续教书的念头。直到一年后不得不上报教育局时，教委再次打电话过来，希望她能够回去继续教书。是她的先生接的电话，先生没有与她沟通就直接回绝了。

这时，小女儿已经出生了，因政策的关系她也永远失去了教师这一职业。

现在的生活挺好

十三年的教书生涯说长不长，说短也不短，她很感谢有那三年的师范培养，也很感谢有那十三年的教师生活，亦不后悔这十几年间的任何一个选择。时间慢慢地把一个文艺的女青年变成了一个辗转于柴米油盐和账单算数之间的贤妻良母，她不再日夜与音乐做伴，不再诗词歌赋，连最简单的普通话都时常说得平翘舌不分。

结婚时，先生送了她一架手风琴。

这时离她当年学练脚踏琴已经过去很多年了。自学手风琴很不容易，家里的灯光很是昏暗，每天晚上，她点着家里的红蜡烛，用微弱的火光勉强看清琴谱，一点一点学着弹。不熟悉的琴音磕磕绊绊，把家人们吵得不得安生，别人听她弹得苦不堪言，她自己也学得苦不堪言。

儿子三岁时，调皮捣蛋地将她的手风琴从柜子上推下来摔到地上，一下子砸坏了。这让她心痛不已。“当时社会上大概也没有多少手风琴吧，在这个小地方，我压根不知道能找谁去修好这把手风琴。孩子还小，没过几年又生了个妹妹。等这两个孩子都大了，想再弹吧，什么都忘得差不多了。”

音乐，在小时候是爱好，在年轻时是资本，到了现在谈不上梦想，却可当作是生活的点缀。她还是爱唱歌，炒菜做饭或读书写字时，哼着的还是当年喜欢的那些歌。

我问，如果和过去的自己说一句，说什么呢？

“现在的生活挺好。”

（文／林可依）

三婶

“保佑一家人平平安安，孙子孙女学业有成……”神台前是一位年过七十的老人，每天早上六点，她都会进行“拜神”仪式。神台前的仪式最为复杂：只见她双膝跪地，背部佝偻着，如岩石般厚重的双手颤巍巍地握住三根香，双眼紧闭，念叨着她的祈愿。

她并非虔诚的佛教信徒，对佛经、佛理一窍不通，但也会一两句因果轮回，逢年过节时会专门到寺庙里祭拜。“拜神就是一种信仰，我希望神明能够保佑一家平安、健康。”她解释道。

这位老人叫毕红梅，生于 1948 年。无力抵抗岁月侵蚀的她，每日来往于医院之间，拖着小病不断的身体行走于世上。当家里的支柱病逝后，丧夫之痛让她每日睁眼到天明，无法安眠。经历过这一切，她似乎更衰老了。她原是广东省广州市花都区九塘毕村的农民，因在家里排行老三，大家都亲切地称她为“三婶”，后嫁到东镜，随丈夫迁户口到了城镇，在新华镇渡过了她的下半生。

三婶已经很久没有回忆从前了。现代人总在展望未来，却很少回首往事。

三婶反复叙述着她早年生活的贫苦。出身于农民家庭的她，家庭比较贫困，靠着几亩地过活。即使农忙时期去生产队耕田，周六日去山里捡柴火回去烧、去城镇卖，三婶仍无法支付两块钱一学期的学费。无奈之下，她不得不放弃小学六年级的学习，辍学回家帮忙。那时，她才十二岁。耕作是艰苦的，在农业技术不那么发达的年代，“面朝黄土背朝天”是农民的常态。唐代诗人白居易对农耕生活这样描绘道：“足蒸暑土气，背灼炎天光”。为了生计，即使日晒雨淋，三婶一家仍兢兢业业，未敢有一天停歇。每次干完活回家，沾床就能入睡。

温饱

然而，即使努力农耕，家里还是吃不饱穿不暖。当时，生产队统领了全村的生产活动，村里的土地归生产队所有。村民要想获得粮食，要每天去生产队工作，积累工分，用工分去换取粮食、稻草，半年统计一次。所谓“工分，工分，社员的命根”。三婶努力工作一天，只能拿到九分半，低于人们的平均劳动水平——一个中等劳动力一天的劳动所得为十工分。这意味着生产队分一块钱，三婶拿到手的只有九角五分钱。这样的收入看起来还过得去，但实际上生产队分钱的数目完全取决于其产量。要是遇到天灾人祸，十工分只分两三毛钱，三婶拿到的钱就更少了。更何况，三婶与丈夫还养育着三个孩子，“拉扯着三个孩子长大，（领取粮食）不超支就算好的了，超支的话，还要自己出钱买。”因为后天营养不足，体弱多病的孩子是家里的一大开支。

起初，人民公社开设大饭堂，社员可任意享用其饭菜，每天都能吃饱喝足。一年半载过后，情况却发生急剧的变化，产出的粮食无法填满人们无节制的欲望，生活的天平倒向饥饿，人们在街上只要看到能吃的都会捡回家煮。诺贝尔视生命是自然赋予的一颗宝石，但三婶的嘴中却成了一颗可随意抛弃、不值钱的顽石。

形势所迫，生产队不得不放弃了“大锅饭”，转而采取了“分米到户”的新举措，村里人的日子才勉强过得下去。勉强，意味着每家每户分配的那点粮食没有办法让一家五口吃饱，三婶家每天煮粥、煮饭、煮番薯才勉强度日。回想起当年艰难地挑着分配到的稻谷去碾磨脱壳，三婶不自觉地笑了一下，那是一种夹杂着幸福和辛酸的笑容，在每个饥饿难耐的夜晚，那一点点稻米便是生活的希望。由于国家政策较之前稍微开放了点，生产队向每家每户下发养猪证，要求每户向政府上交一定的猪肉指标，剩下的就归于自家。当时的人们都拼命地完成养猪的任务。当然，每家还能得到一小片自由地，拥有自由种植的权利，通过种植蔬菜维持生计。

作为家里的掌勺，三婶还清楚地记得，当年花生产量低，不少人只能去买猪膏、肥猪肉煎油，拌着饭吃下去。至于穿着，在很长一段时间里，每人凭所分配的布票可以领到两尺五的布。孩子们总期盼新年，只有在热闹的春节里，他们才有可能得到新衣裳，吃上一顿无论味道好坏都香的肉。

工作与家庭

国家的政策并非一成不变，生活也是如此。作为家里唯一的女儿，三婶没有被完全束缚在承载千万人汗水厚重的土地上，也在村里担任过很多工作。未出嫁时，三婶在生产队担任过保管员，主要是保管农作物、种子以及农业生产所用的物资，也就是现在所说的生产资料——防止谷物发霉、发芽，也参加过村里的武装民兵，定期开会、集合、巡逻、训练，治理大队，保护这个地方。说到武装民兵，三婶的声音激动了起来，言语中满是骄傲，那是属于老一辈的激情岁月。

后来，由于要外嫁到东镜，三婶便退出了毕村的民兵团，并将枪支交还给了组织，三婶的户口也转到了丈夫的户籍所在地。她又回到了陌生又熟悉的土地上劳作，但她还时不时回想着那段武装民兵的日子。保管生产队唯一的枪支的使命感和责任感点燃了三婶平静的心，她不再是一个为生计、温饱而机械式劳作的农民，自己的社会角色定位开始发生转变，迷雾重重的人生道路前方有盏为她而亮的灯——保护好这把枪。她是一个为保障村民的生命安全而奋斗，以自己的行动对自己的人生作价值确认的民兵。

三婶婚后重回耕地的日子不算辛苦，之前也是一直这样过来的，工作重心由补贴家用转到把持家务。让她怅惘的一腔保卫村庄无处挥洒的热血，也被现实渐渐冻结了。改革开放后几年，三婶随着丈夫迁入城镇户口，打过几年工：去粉厂制粉、到布场筛选布料，但都因为工资过低只做了两年就离开了。因为就业形势严峻，找不到工作的三婶决定买一台缝纫机，自己做婴儿服饰到当地市场贩卖，一卖就是十一年。孙子孙女的相继出生让三婶放弃自己的工作，转而帮自己忙于工作的孩子们养孩子。丈夫去世后，没有退休金的三婶只能靠社会养老保险和丈夫单位的困难补助过活，当然子女们也会给些赡养费。但三婶认为：“我的钱够用了，子女的钱就用在更需要的地方吧！”

现在

无须再为温饱发愁，从缥缈的云端落到踏实地面的生活是从改革开放开始的。“改革开放带来最大的变化就是自由吧”，三婶感慨道。以前的农民要是养鸡养猪，就会被说“走资本主义道路”。现在，大部分农民都走出农村，可以自由选择自己的职业，规划自己的未来。当然，买房是习惯安定的他们的首选。改革开放带来了经济快速增长，但家乡的人们乡土观念却减弱了。比起老一辈对耕地的执念，年轻人勇于拼搏，敢于奋斗，相信努力奋斗能让自己过上更好的生活，重视金钱，却对农村生活毫无留念，一心只盼着土地征收发财。早早搬来城镇的三婶没有对这种观点作评价，深深地叹了一口气。

人们的薪酬待遇也提高了，三婶羡慕现在的年轻人，刚出来工作就有三四千。虽然这是一种只看数字、忽略物价和工资关系的说法，但是也道出了三婶心中对生产队时期的努力与工资不对等的愤懑。

七十一岁的三婶在拜神完毕后，就会去公园运动以保持身体健康，中午到菜市场聊天买菜，下午睡午觉，晚上便接孙子放学、整理家务，偶尔还出去聚会喝茶，生活十分充实。但她毕竟是老了，染发剂也遮掩不住斑白的头发，眼睛耷拉着，皮肤松弛，无法隐藏的疲惫正悄悄占据着她的身体，更主要的是心的衰老。“也没有多少年可活了……”在家里，她大多数时候是沉默的，沉默地坐在客厅的椅子上，眼睛漫无目的地盯着虚空的某一点，偶尔会不小心地睡着。微风轻拂过，不忍心吵醒她。

现在，她只剩这么一个愿望了——家人身体健康，生活幸福美满。面对祖国日渐强大，三婶感到十分自豪。这一路走来，三婶知道祖国的不易。她十分满意现在富足的生活，小时候所期盼的幸福生活实现了。但三婶不太适应现在的发达科技，甚至连电视都不太会开了。不过没关系，生活在互联网以外的她，生活照样过。跟不上时代的步伐，不如把脚步放慢，看看沿途的风景。

今天，她仍攥着小灵通，摇着大蒲扇，绑着腰包，背着菜篮往返于菜市场。

（文中人名均为化名）

（文 / 夏嘉欣）

那些春风又化雨

“再回首，我已经站上讲台 23 载了。”全红瑛感慨地说。全红瑛，现在（2020 年）是德庆县九市镇中心小学六年级的语文教师，从 1997 年站上讲台至今，不知不觉间已经耕耘讲台 20 余年了。回想起从求学到成为教师的坎坷之路，全红瑛感慨万千。

艰难的求学之路

1985 年，已经 9 岁的全红瑛才开始上小学。因为那时她的家境并不富裕，负担却很重，她还有一个年长 8 岁的哥哥以及年长 4 岁的姐姐，家里并没有钱给她交学费。后来，父母向老师承诺，一年后交学费，她才得以上学。然而，等到她即将升三年级时，学校依然没有收到她的学费。

全红瑛的老师开始频繁地催她交学费。见状，父亲打算不让她读书了。在父亲眼里，读书对一个女孩来说并不重要。后来，老师来到她家家访，了解到她家穷困潦倒的境况，允许她迟一年再交学费，她命悬一线的学习生涯得以延续。

一年后，她依旧没能交上学费，哪怕其中一学年的学费。无奈，她只能辍学了，过上了放牛、放鸭子、攒柴火等的生活。每当村里的孩子放学回来时，她就躲在树林里偷偷看着，目光里尽是羡慕——她真的很想去读书。

转折点发生在她辍学一年后，和一位年轻老师有关。

约莫是 1989 年，一个郁南师范毕业的年轻老师怀着一腔热情来到了她村里的小学，希望帮助家境困难的学子重返校园。恰巧，他从两个学生那里听说了全红瑛的事情。不久，在那位年轻老师的帮助下，全红瑛被获准继续推迟交学费。父亲也没有阻拦，“不用交学费，那就回去读吧。”她的读书生涯重启了，继续上四年级。

羡慕的事变成了现实，她格外珍惜这次机会。

“你努力学习吧，即使你休学了一年，你的成绩也是能赶上的，加油吧。”那位年轻老师在她交上去的一篇作文的末尾写道。简单的一句话却使得一股劲头在她的心里暗暗生根、发芽、壮大。她几乎把所有心思都用在了学习上，她的成绩不断上升，从四年级到六年级，语文成绩一直名列前茅，数学成绩则每次都将近 100 分（当时还没有英语）。

在她五年级时，她的大哥、大姐不读书了，去帮表哥做粗重活以获取微薄的收入来补贴家用，全红瑛终于把以前的学费给还了。家里只剩她一个人读书，压力也少了很多。熬到了六年级，全红瑛看到了读中学的希望。然而，初中每年的学费是 120 元，这一笔钱从何而来？

所幸，她遇到了善良的刘老师。

在召开六年级毕业会议之前的班会上，班主任刘老师和学生们说，如果想读初中却有经济困难，可以私下和他说，他可以借钱给他们。这句话点燃了她继续读书的希望。“她这番话可能就是对我说的，同班其他同学还不至于没钱读初中。”后来，她向刘老师借了 100 元，向表哥借了 20 元，终于凑够了初一的学费。中学似乎已经在向她招手。

学费问题解决了，其他问题却来了。爸爸妈妈并不希望她继续读书。中学离她家很远，如果她上中学，还需要住宿费和伙食费，这对她家来说是一笔很大的费用。后来，全红瑛的一个住着中学附近的舅舅答应给她提供住宿和伙食，她才得以继续上学。然而，正当她要升初三时，全红瑛的落脚点没有了，因为一些变故，她没办法继续在舅舅那里住。她的生活似乎又要被推倒了。

庆幸的是，那个一个一直支持她读书的哥哥恰在广州找到一份工作，工资微薄，但勉强能够担负起她去学校住宿的费用和伙食费。全红瑛每月省吃俭用，勉强又撑过了这一关。

将师爱延续

初三那一年，她的生活过得还真不轻松。

但令人欣慰的是，从初一到初三，她一直保持着十分优秀的成绩，经常是第一、第二名。这和她初一的老师——张老师一直的鼓励有关，“现在穷也不用怕，好好读书，以后会有希望的。”

但希望在哪里？她开始烦恼了。接下来，她该往哪个方向走。读书是她改善家境的重要途径，但读书之后呢？当真正需要思考未来的时候，她迷茫了。

“初三的时候，自己还很懵懂，我不知道报什么志愿。”在填志愿前，她初三的班主任卢老师和张老师突然来她家家访，到处走走。回到学校后，他们根据她的家庭状况帮她报考“师范专业”。她有点犹豫，心里明白师范毕业后是出来当老师的？但是当时当教师的待遇太差了，出来工作后，领那丁点的工资猴年马月能还清贷款？什么时候能让家人过上好日子呢？但是想起一路以来老师给予她的帮助，她豁然开朗：对，她也要像她几位恩师那样帮助需要帮助的学生，她要把师爱延续！于是，她同意了老师的做法。

中考之后，她心里一直忐忑不安，因为当时报考师范中专的20几个同学都是年级中非常优秀的学生，而最后几次考试她都排到了10几名。空闲下来的时候，她更加心慌了，整天在门口踱来踱去，盼望着，盼望着那份厚重的录取通知书。她还担心：如果真的收到录取通知书，她就能继续读书吗？当时读中专的费用是她初中费用的二三十倍。

那年，她村里只有她一个考生。等录取通知书的那段时间，她成为了他们整个村子关注的焦点，村民们每次出街就会帮她留意有没有她的录取通知书。后来，录取通知书终于被盼来了。一天，她的四叔告诉她：“你的录取通知书到了，你考上师范了。”听到这个消息，她立刻跑回房间，收拾一下准备去拿录取通知书。

兴奋之余，“领录取通知书时，要付 50 元”的提醒话语像一盆冷水泼到了她脸上。她怎么有钱领？要不要领呢？真的能读呢？犹豫之际，她决定打电话和哥哥商量一下。“拿，我寄钱给你，后面的事情我来想办法。”她哥哥说。

哥哥笃定的话语坚定了他的想法。后来，她去领了录取通知书，领完，她迫不及待地拆开，生怕是假的，又或者录取通知书会不翼而飞。她考上了广宁师范了，并且在 4 个公费（免除了大部分费用）的名额中，刚好是最后一个。她的脸上难掩喜悦之情。

可她回到家后，她爸爸却让她不读书了。姐姐需要钱看病，也需要她来照顾。而哥哥也需要钱娶妻，她瞬间沉默了。见状，隔壁的堂兄也插话说，嫁出去的女，泼出去的水，供别人的老婆读书，不值。一些人甚至在背后议论：“他（她父亲）才供不起女儿去读书，又穷又懒，还整天喝酒，哪里有钱供女儿读书。”

希望又一次变得渺茫。

“读，无论怎样都想办法读。”一天，她爸爸的态度竟然发生了 180 度转变。兴许是别人的话语刺激了她爸的自尊心。后来，她哥哥也打来电话和她爸爸说：“让她读，我来供她读。”

不过，虽然是公费读书，但是第一年的学费也还要 1720 元那么多，之后两年才少很多。这一笔昂贵的费用从哪里来？

当时，在几千人的村子里，考上师范中专也是很少见的。好事传千里，几乎村里所有人都知道了她考上了师范中专。一个远房舅舅就对她说：“读，很难考的，你考到公费省下了很多学费的，不读就浪费了，我帮你们在银行做担保。”这个舅舅的家境比他们好一些。

“有舅舅作担保，我们去贷款。”老爸说。虽说有舅舅担保，但家里并没有很多抵押物，也很难向银行借比较多的钱。最终，他们只贷到了 2000 元。

交完学费，只剩下 200 多元，这就是她第一学期的伙食费。好在当时学校饭堂的物价还很便宜。豆、青菜等 1 毛钱一份，鱼就 4 毛钱一份，瘦的鸡肉、猪肉就 8 毛钱一份，菜式有二三十种。“一般来说，我就会买鱼、腐竹、香肠等比较便宜的菜，一餐拿个 8 毛钱菜、两三毛钱饭，1 元左右就能吃上一餐，伙食算很不错了。”回忆起这些，全红瑛笑了，这是她中专生涯中比较满足的一点。在哥哥的资助下，她熬过了师范的 3 年。

难忘的教学生涯

1997 年在广宁师范毕业之后，她被分配到莫村富源小学教学。“第一年教学的时候，我的教学能力很差劲，”全老师不好意思地说，“当时还要照顾患上精神疾病的姐姐，很费劲，再加上刚出茅庐，没有教学经验。那时期末成绩是学校存在的生命，是评估学校领导的硬件，结果我教的班语文科成绩全镇倒数第一，受到了家长的质疑和领导的批评，‘不是师范专业出来的吗？成绩那么差？’。”愧疚涌上心头，全红瑛开始自我反思，自己为什么要当一名教师？难道自己要一直这样下去吗？不、不行！

在接下来的教学过程中，她“采他山之玉，纳百家之长”，经常请教有经验的老师，听他们的课，琢磨他们的上课方式，思考着如何改进自己的教学方法，使课堂变得有趣，使学生学有所得，不断学习，提高知识水平和教学能力。从那以后，全红瑛所教班级的成绩不断提高。

2001 年 9 月，她被调到了九市镇中心小学任教，被安排教三年级。这是她面对的第一个挑战——教学内容更深了，教学方式也应该改变了。但全红瑛已不再是当年那个稚嫩的老师，她很冷静地接受了领导安排的工作，开始用心地备课，认真地做好教学的五环节工作，终于，第一学期，她所教班级的语文科成绩排在全镇第四名。

三年级，学生刚开始写作文，“兴趣是最好的老师”，如何激发刚接触作文的孩子爱上写作文呢？她决定让学生“走进生活找兴趣”，用游戏的方式教学生写作文。第一次写作文时，她带领着学生到操场做游戏，做完游戏后，鼓励学生“我手写我口，我口言我心”，把自己看到的、听到的、想到的内容写下来……结果，学生爱上了写作文，爱上了学习语文。第二学期，学生们的语文期末考试成绩排在镇第一名，得到了家长和领导的一致好评，这给了她很大的鼓励。

她得到了领导的重视，成为了学校骨干教师的培养对象，参加了各种各样的培训。接下来几年里，她教了四年级、五年级语文兼班主任。没想到的是，更大的挑战来了，她又被安排教六年级毕业班，并且担任班主任及学校语文科组长工作。繁重的培训任务、班主任工作及毕业班备考工作压得她喘不过气来，但是她挺过来了，而且出色地完成了任务。学生的语文素养提高了，学校语文老师的教学能力也“芝麻开花节节高”。这一切成绩并非偶然，源于她认真的工作态度以及对每一个学生的爱。

六年级，是孩子的第一个转折点。

香山中学是县里的重点中学。现在，乡镇的学生一般只能在当地中学读初中，而包括香山中学在内的两间县城中学则是以电脑派位的形式安排学生就读。在 2013 年之前，情况则大为不同——尽管比县城孩子困难得多，但乡镇的孩子也有机会去重点中学读书，只要在六年级的最后一次县统考考试取得非常优秀的成绩。

那时，朱雯正是这项教育制度的受益者，顺利考上了香山中学，接受相对更好的教育，现在成为一所“211”重点大学的学生。而这一切都离不开全老师当年的帮助和鼓励，朱雯每每向别人提起全老师，字里行间都充满了感激之情。

全老师是朱雯小学六年级的班主任。她说，六年级时，她的成绩还不错，但可能尚不足以稳考香山中学。语文是她的短板，她害怕写作文，也不擅长做阅读理解之类的题目。但她学习刻苦认真，全老师都看在眼里，就经常鼓励她，下课后还抽时间指导她，还鼓励她投稿到市里的教育报。在全红瑛的一次次指导修改后，她投出去的文章成功被选上，还收到 10 元稿费，这让她兴奋了好久好久，也给予了她很大的信心。最后，她以县第一名的成绩考上了香山中学。

她只是全老师帮助和鼓励的学生之一。

除了在学习上帮助学生之外，在生活中，全老师也经常帮助学生。多年来，她经常担任班主任，对班上的学生大都比较了解。发现班上有家庭贫困的学生，她会偷偷垫钱替学生买学习资料，暗中给学生送些新衣服等等，如春风般温暖学生。

一切都在变

时代在变，一切都在变。

“令人欣慰的是，学校环境变好了，运动场重新装修了，在学校不远处也新建了一些教室，学校也招了一些新老师。”提到招的新老师，她感慨地说，现在终于不需要再像以前那样，做一个“全能老师”。她回忆道，刚开始教学的那几年，老师一般都是“包班”的。所谓“包班”就是“一个老师负责一个班，不仅教主课，还要教体育、音乐、美术、科学等。”缺教师是其中的主要原因。“当时这样真的很辛苦，需要备很多门课。”现在，她一般只需要负责教六年级语文。。

但令人担忧的是，时代的发展，并没有彻底改变以前一直存在的问题，还带来了一些新的问题。她在莫村富源小学当教师的时候，学费是一笔不小的数目，还要交附加费。这样算起来，读书费用还真不少。昂贵的学费带来的直接后果是：村里很多小孩都读不起书。因生活所迫，很多家庭也不重视读书。有时老师们到学生家里找学生，允许家长迟些再交学费，家长也不情愿把孩子送去读书。这个问题直到 2003 年开始实施义务教育后才有所改善。

全红瑛以为，现在可以不用那么费心，但事实上现在的孩子更让她头疼。“现在，学生总体上没有以前的学生用功，尤其是男同学，下课时大多都在讨论游戏，很少讨论学习。”全老师说。经济的发展，手机的普及，使得很多小学生都已经拥有自己的手机。“很多学生回到家后，把大部分时间用在了玩手机游戏、上网等，花在学习上的时间少了，学习的时候也没能聚精会神。”全老师边说边摇头。

现在，她已经是一个教学经验非常丰富的老师，但却一点也不敢懈怠。“现在要讲好课一点也不轻松。教材不断更新，更为重要的是，现在网络发达，手机非常普遍，小学生也能经常上网，接触信息很多。要想让他们对自己的课堂感兴趣，她必须得尝试更多的新奇的方式，结合更丰富的信息来讲解课文。”

“我也在不断地摸索中。”全红瑛如是说。多年来，除了教学外，全红瑛还养成了写教育教学总结的习惯，有时还会把这些总结以论文的形式发表出去。近年，在入选广东省凌琳名师工作室后，全红瑛还开展了对乡村学校教育情况的课题研究，为改善乡村教育情况贡献更多的力量。

教学二十余载，在教学同时，她也不断提升自己，从函授大专到函授本科，从稚嫩教师到小学一级教师、镇里唯一评上副高的小学教师，获评“优秀班主任”“优秀教师”“学科带头人”等。

全红瑛曾经所被赠予的春风化作雨，正滋润着一批又一批的幼苗。

（文中人名均为化名）

（文／朱思敏）

父亲的青葱岁月

父亲收拾东西时，偶尔会翻出他小时候的一张照片。照片上的他穿着一身绿色的军装，戴着军帽，帽子上缀着一颗五角星。他总是拿着照片，端详许久。他以前跟我讲过，这是他早期唯一的一张照片，大概在 1972 年拍摄。“我记得是专门去镇上的照相馆拍的。当时你曾祖母还在，那一次还拍了全家福。可惜年代太过久远了，全家福已经找不到了。”

父亲于 1959 年出生于粤东地区内陆的一个小村庄，他的父母都是地地道道的农民。祖父母终日面朝黄土背朝天，大字不识几个，一生与土地联结在一起。

被耽误的教育

1965 年，父亲 6 岁，正式入读小学。刚入学时，父亲上的是半日制小学，早上上课，下午回家劳动。由于学校场地不够，他们在学校附近一户人家的客厅里上课。课桌椅是要自备的，于是父亲从家里带了一个方凳当课桌。“前些年我还在老家看到了我当年的旧书桌，不过现在可能已经不在了。”父亲的书包是祖母缝的，布料子，非常简单。铅笔盒就更简陋了，用药铺诊所放针的纸皮盒来充当。

一年后，父亲转去了全日制小学，进了学校读书，课桌椅也由学校提供。刚转进去的时候，父亲仰着头认真地问校长：“我将来能不能考大学啊？”在场所有人都笑了。

父亲想考大学是有原因的。我的大伯父在 1965 年考上了广州的高校，成了父亲的榜样。看到大哥可以去上大学，可以去外面的世界看看，将来也有出路，父亲便萌生了这样的想法：“如果到时候能考大学，我也要去考！”

小学只有语文数学两门科目，初中才开始学英语，都是一些很简单的内容。初中之后，增加了生物、物理、化学、历史、地理等科目，但是内容也比较基础。而在语文教学中还存在一个怪现象——不学拼音，不说普通话，教学时用的是当地方言。

为了生存

父亲念小学的时候，每天放学回家都要去田野里劳动。农忙时节，学校放农忙假，春天播种要去插秧，收割季节要去割水稻，一年两稻，夏天和冬天分别收割一次。除了水稻，还种植番薯、花生、蔬菜等多种农作物。当然还有潮汕地区独具特色的柑橘，满满一园子的柑橘树，如果长草了还要父亲他们去拔草。

每天早上天还没亮，父亲就要起床上山捡树叶。以前没有煤气，也没有煤炭，煮饭烧水都需要稻草或者树枝、树叶做燃料，得捡拾足够一天的量再去上学。有时，父亲还会去柑橘园捡自动脱落在地上的小柑橘，取皮，卖了换钱。柑橘皮捡回家后，晒干，会有人上门来收购。放学后除了去劳动之外，还会去水沟里抓鱼，只要去了就能抓到。“回家煎着吃，也可以腌，野生的非常好吃。”父亲说这些时的神情，仿佛又回到了那个物质匮乏却又极易感到快乐满足的少年时代。

他时常和我讲起“七二八”风灾，那是年少时的他亲历的第一场强台风。1969 年，父亲十岁。7 月 28 号那天一大早，父亲跟着祖父到镇上的市场卖小白菜。那天天气不好，到了十一二点还没卖完。“中午的时候狂风大作。市场附近的电影院屋顶是竹篷做的，因为台风风力过大，所以竹篷被吹走了，竹竿满天飞。”

路上行人非常少。那天等到三四点父亲和祖父才得以回家，虽然风力已有所减弱，但仍旧强得让人无法在路上站稳，忙着踏上归途的人们只能匍匐前进。卖不完的菜本来打算挑回去，可这天气只能让人将篮子和扁担遗弃在半路上。有人头上戴着的斗笠被风吹出了很远，公路两旁很多大树被连根拔起。

当时不比现在有天气预报，台风到来前没有预警，完全是一场突然袭击。由于信息闭塞，父亲他们也不清楚其他地方的灾害情况，只是听说附近有些地方的柑橘园和田野被大水淹没了而已。虽然有房子被风刮倒，不过似乎并没有人员受伤。几天后水退了，大家开始救灾复产，清理被刮倒的树，在废墟上重新造房子。上面没有派人指挥灾后重建工作，但所有的事情却有条不紊。事后，一切如常。

可能是因为生活在小村庄，父亲没有感受到太大的动荡，农村的社会治安是挺好的，夜不闭户，路不拾遗。

1978 年，父亲迈进了考场。他考上了一所大专学校，尽管成绩不够理想，却也算是圆了自己的大学梦。当年的考生年龄相差很大，年长的已经三十几岁甚至四十岁，年轻的也就十六七岁，有人入学时已是几个孩子的父亲或母亲。入学报到时，由于年龄差距太大，有些不知情的人还以为是父亲送儿子上学。而 1981 年大专毕业时，有几个同学才 18 岁，相当于现在我们高中毕业。“这种情况在当时很常见。”父亲至今仍旧隐不住心中的遗憾。

“时间过得非常快，现在已经毕业三十多年了。那些早婚的同学，已经当爷爷奶奶了。那些入学时已经有三个孩子的，现在大概七十多岁，说不定已经当曾祖父曾祖母了。”前些年，父亲去参加了他们毕业四十周年的同学聚会，带回了一张合影。照片上那些曾经的同窗，对着镜头笑着，多数已白发苍苍。

（文 / 陈雁南）

Chapter Ⅲ

归

浪潮里的摆渡人

今年是王玮玮创业的第五年。

这是他不知第几次从地板上醒来。一年来，他已经养成了不睡床的习惯。

木讷寡言，这是幼年时王玮玮留给多数人的印象。父亲是聋哑学校的校长，母亲在一家纺织厂做女工。7 岁那年，为帮班里一位白血病的同学募捐，他毫不犹豫地拿出了 10 块钱。当时，这对一个普通的家庭来说是一笔不小的开支，在得知父亲将捐款要回后，王玮伤心的大哭起来。他对不能帮助有困难的人而感到无助，决心长大后一定要做一番事业，让自己可以有能力去帮助他人。

在读了一本关于中关村创业潮的书后，王玮玮了解到了张朝阳等人的创业故事，他第一次感到“互联网”可以作为承托自己理想的载体。于是，高中毕业的王玮玮不顾家人的反对，怀着一腔热血将志愿填满了北京的学校。最终，他被北京信息科技大学录取。

中国的互联网 1.0 时代在 1997 年开启。当时，北京的中关村被称为中国的“硅谷”。拥有创业土壤的首都，吸引了大批怀有创业理想的年轻人。到北京的第二天，王玮玮就跟随北京本地的同学去中关村进行“考察”。但理想中创业的迦南地并不如他想象的那般美好，“好像没什么创业公司，就是卖电脑的。”然而，这并没有阻碍他想创业的心，他开始自学电脑，研究计算机领域的技术。

大学毕业后，第一次互联网泡沫的影响还在延续，众多互联网公司纷纷倒闭，全国进入了互联网的冬天。王玮玮知道自己缺乏资金和工作经验，于是他选择先找一份工作，积累经验。在过关斩将后，他成功进入索尼公司，从事嵌入式开发的工作。经过几年的拼搏，他在鸟巢附近置办了一套房产，娶了个本地姑娘，日子过得风生水起。

稳定的生活，让王玮玮感到安逸而快乐，但总觉得少了些什么。“还是总惦记着怎么创业，心安稳不下来。”

这时的互联网已进入了 2.0 时代。博客、微博等平台逐渐流行，互联网与实体经济开始挂钩。王玮玮认为自己已经积累了足够的经验，他预测到未来移动互联网可能会是 3.0 时代的热点，于是开始了创业的准备。

互联网将时代搅得风起云涌，无数充满诱惑的机遇被抛出，所有人都以为自己能够抓住，成为时代的弄潮儿。他的朋友就始终走在创业的路上。2008 年，手游还处于萌芽阶段，他便看准了这一领域。但融完资后，他没有投到热门的研发领域，而是投资了运营，最后也没有产生效益，以失败告终。身边朋友失败的创业案例，让王玮玮看到了这一行业中的风浪。他仔细思考着如何才能在这股浪潮中得以规避风险、脱颖而出。

2012 年，他受朋友引见，遇到了慈善家石先生，并接触到了他以中国传统文化为内核的慈善组织。石先生在世界各地投资学校和医院，最近想要投资一项新科技产品的研发，并借此来传播自己的慈善思想。在与石先生的交谈中，王玮玮第一次觉得遇到了认可他伟大事业的人。理想第一次受到撞击，迸发出了炽烈的火花。王玮玮感到自己心头的一团火焰燃起来了，多年的创业梦想终于有了施展之地。再加上预测到移动互联网的发展会十分有潜力，他决定与石先生合作，利用精通的技术创造出这样一个思想传播机器，给自己的文化一个传播的媒介。

就这样，他准备南下深圳。临行前，他驱车来到经常拜访的灵光寺，同寺中的经常被他倾诉困惑苦闷的神灵一一告别，并祈求保佑他一路顺利。

来到深圳，这座年轻城市的活力让他感到兴奋，但随之而来的是一阵失望。因石先生的理念是让不同社会阶层的人都能参与善行，不设门槛，导致组织内部鱼龙混杂、人浮于事，许多并不具备相应素质的人掌握着较大权力。再加上疏于管理，成员各自为政，钩心斗角，每个人都想从中获利。这与王玮玮的构想大相径庭。

由于人员冗杂，资金难以支持整个组织的运转，大部分全职员工领着微薄的报酬，勉强足以支撑日常生活。分配到每个项目的资金也是少之又少，王玮玮只得不断用自己在北京打拼时的积蓄往项目上砸。预算不足与技术要求高的矛盾，一直困扰着他。

“当时也觉得难，也抱怨过，但没想太多。古话不是说，天将降大任于斯人也，必先苦其心志，劳其筋骨，我觉得这是成功必须要经历的东西。”

除了资金，还有技术上的难题。王玮玮负责的科技项目技术要求较高，但组织内部相应人才缺乏，少数略有涉猎的技术人员也多作为义工的角色参与工作，不愿付出太大精力。外出谈业务时，提及“我们团队”，王玮玮总是暗自一阵苦笑，“第一次体会到什么叫‘一个人就是一个团队’，从设计到研发，哪有人管，几乎所有的工作都要我一个人完成，就是一个光杆司令。”

经过 3 年的努力，王玮玮终于完成了这项石先生构想的、技术几乎还未成熟到可以实现的设计——圆形平板电脑。

每次出差在机场过安检时，都会被安检员惊叹一番：竟然还有圆形的平板电脑！这时，王玮玮总是十分自豪。但他知道自己想要的不止于此。他认为技术如果没有运用到实际的生活，就是再好也没有用。只有产生实际的使用效益，在社会上产生一定的影响，才符合王玮玮的初心。

由于缺乏市场需求，圆形平板收益惨淡，库存积压了一大批货。回想起来，王玮玮认为产品还是要跟产业链进行挂钩。“不符合工程学的设计，是没法贴合市场需求的。”

尽管还存在许多问题，但圆形的平板在小范围内引起了较大轰动。王玮玮在组织里也获得了一席地位。然而，就在他设想着如何进行下一个项目的工作时，一件让他至今都无法平复的事情发生了。石先生以他只懂技术，不懂管理，不利于组织发展的名义，捏造了一些莫须有的恶行对他进行污蔑。惊愕与愤怒之余，王玮玮退出了这个组织。

“他是我非常尊敬的一个人，我一直觉得他是认同我的理念，才选择跟我合作，但他却只是想利用我的技术来助长自己的虚名。”合伙人的反目，像一盆冷水浇在王玮玮心头。

“后来我才明白，即使我总结了经验，知道创业要有清晰的商业模式，还要符合国情市场，却还是栽在阅历不足上。对合伙人了解不够，最初的方向定位也不够清楚。”

一晃眼，在慈善组织中的五年时光已过，王玮玮已是年近不惑的中年人了。在帝都打拼的积蓄在五年中也已耗尽，远在南粤地区的闷头打拼，让北方的人脉渐失。“我工作那时，微信还没有流行，现在手机换的这么快，许多人脉都渐渐流失了。”此时，孑然一身的王玮玮几乎一无所有。

“最差的时候睡过地下通道。”几个月中，王玮玮几乎居无定所，他游荡在自己奋斗过的城市。几乎没有人知道他的这段经历，强烈的自尊让他无法寻求家人朋友的帮助。“其实有一门技术，从什么时候站起来都可以。只是意志太消沉了，觉得创业这条路走不通。当时想，可能下半辈子就找个普通的工作凑合着过了。”

后来，他觉得不能就这么算了。人生才过半，理想事业还未完成，没有理由停下。他开始捡起之前的关系，接了几单生意做了做积淀，开始新一步的创业打算。“还是要靠自己，不能指望通过别人来帮助自己实现理想。”他在深圳租了一个办公室，又认识了一群志同道合的朋友。跟他们合作成立了吉廓科技有限公司。现在渐有起色，分公司开到了广州。

“互联网只是一个工具，必须要同实业挂钩，服务于传统行业，才能体现其价值。”这是王玮玮对互联网的定位，现在，他每一步都走的十分谨慎。“发展可以慢，但一定要稳。”

“因为我的错误决定浪费了五年青春，让我觉得充满了负罪感。”因此，即使这之后他有了好的环境，也会选择睡在地板上，也不再奢侈地住豪华酒店。“不睡床似乎是我的一种赎罪方式，让我为自己的错误行为埋单。而且在半年流浪的生活里，经常看到有人露天而睡，这样能让我始终记得社会里还有这么多人在受苦，我不能停止奋斗。即使有所成就了，也不能忘记之前自己吃苦的日子。”

时至今日，回想起过去的创业生涯，王玮玮仍十分感慨。“遇到了很多困难，也做了许多错误的选择，但从哪里倒下，就要从哪里爬起来。活着一天，就要为我的事业继续奋斗。这辈子无法完成，那就等下辈子，下下辈子来，再接着干。”

为了他的理想宏图，他还将愈挫愈奋，再接再厉地继续奋斗下去。

（文中人名均为化名）

（文/马杰薪）

心灵深处的敬畏

位于广东西北边陲的肇庆市某县人民检察院，有一位预防医学本科学历的检察官，他是原某疾病预防控制中心检验科主任陈治均。28年前，陈治均在家里人的影响下迷迷糊糊地报了医学专业。2006年，陈治均靠着自己的执着与努力，在激烈的公务员考试竞争中脱颖而出，成了怀集县人民检察院的一名公务员。

懵懂地选择

1989年6月，还有不到一个月就要高考的陈治均在家里人，特别是母亲的建议下填报了高考志愿。从第一志愿的中山大学医学院临床医学专业开始，到最后一个志愿的广州中医药大学放射医学，陈治均的大学生涯注定要和医学打交道。

陈治均是家中的独子。他上高二的那年，父亲被诊断出患有鼻咽癌。在怀集县乡镇小学教书的母亲因此常常带着父亲外出肇庆市区，到第一人民医院求医。治疗癌症的医药费不菲，医生说的话、写的字对于陈治均的父母来说更是非常的专业、严肃。“当时我爸妈所有希望全部寄托在医生的身上，医生说的话坚信不疑。”

当时教师的工资普遍较低，陈治均的母亲无法在短时间内适应家里的顶梁柱——机床工程师丈夫突然病倒的现实。迷惘中，把懂得医术的、能够救死扶伤的医生看作救命的稻草。经历了一年内二十多次县与城之间一百六十多公里山路的来回痛苦颠簸后，陈治均的母亲毅然决然地给儿子选报了医学专业。

而在乡村里长大的陈治均从小就没有什么兴趣爱好，对于医学，他既不冷漠也不热情。

1995 年 7 月 18 日，是陈治均永生难忘的日子。这天，预防医学本科毕业才过一年的陈治均跟随单位检验科主任、监督科主任和办公室主任到乡镇饭店、食品厂等食品生产地去执行食品检验工作。

一到肇庆市的某食品加工厂，该厂的厂长以及主管人员都涌到公车门前来欢迎上级领导干部。在参观工厂的过程中原本对预防医学没什么兴趣的陈治均认识到法律法规的权威性和重要性。这令他心生敬畏。这样的体会给不懂法的他埋下一颗种子。在之后的工作中，这颗种子便开始生根发芽了。

为目标而努力

于是，1996 年，陈治均报名参加了广东省法律专业的自学考试。

“在实验室做检验时，一天在几十个实验中来回跑，调配试剂、观察反应，不停地工作，精力真的耗得差不多了。”因为工作忙碌，陈治均只能在下班时间里苦读法条；又因为是自学，不知道何为重点，陈治均便将整本专业书籍背完以通过考试。凭着努力，陈治均最终花了 3 年时间取得中山大学法律大专学历。

2000 年，陈治均报名参加了广东省成人高考。

对于自己在华南师范大学取得法律本科学历的 2 年，陈治均评价道：“因为是自己要学，所以我特别认真，学得特别扎实。”和陈治均一起修读法律本科的同学大多都是在职干部，当时政府为了提高其机关和企事业单位办公人员的总体学历和素质，专门财政拨款给在规定时间内在职完成本科学历的干部报销学费、交通费、住宿费等开支。但因陈治均的修读专业与工作方向不符，其本科修读费用不在报销范围内。

当时陈治均的工资每月只有 1000 元，而每年到广州求学四到五次的陈治均至少要为其衣食住行花费 3000 元，再加上学费，陈治均的经济负担并不轻。因此，陈治均非常珍惜学习机会，上课非常投入，考试成绩也都在 80 分以上。

2006 年，还差 3 个月就年满 35 岁的陈治均报名参加了当时如火如荼的公务员选拔考试，在 60 名比他年轻的考生中脱颖而出，以笔试第二、面试第一的成绩成了肇庆市某县人民检察院的一员。

2009 年，陈治均以 412 分的高分取得了律师资格证。

内心的坚定

2010年，广东省人民检察院审核通过评选陈治均为助理检察员，即通常意义上的检察官，但由于陈治均的文笔突出，院领导又提拔他为办公室主任，专门负责会议以及其他书面材料的编写。

办公室内有很多诸如《检察日报》之类的与国家执法机关相关的刊物，陈治均工作之余可以在其中阅览最新最近的法律案例，从而保持自己与一线执法人员的密切联系。“在疾控中心的时候总觉得法律好神圣、好威风，现在就觉得法律离我们很近——它源于生活，有很强的社会实践性。”

2017年全省第二批司法体制改革试点单位正式启动，某县人民检察院开始选拔原额检察官，陈治均通过了笔试和面试的考核。根据改革的要求，陈治均要到一线办案，并独立承担办案责任。终于有梦寐以求的办案机会了！

到目前为止，陈治均已成功地独立办了三起案件。

陈治均说，“去干自己认为有价值、有意义的事情，人生才会精彩、有意义、有进步。虽然可能进步不伟大，但和以前的自己比，现在至少可以没有遗憾。”他还表示，既然喜欢做法律，就会继续好好钻研，做出更多的成绩，不负自己对“法律梦”的追求。

（文中人名均为化名）

（文／麦竺雨）

外派船员的日子

王顺是一名船长，回想 20 多年的航海生涯，他觉得船员生活似乎是两个极端。平安无事时他很少有闲情逸致看云卷云舒，更多时候是为了生计忍受着码头嘈杂的机器运转声音，看着庞大的集装箱在眼前繁忙地上上下下……

早在大学实习时，王顺就已经深深体验到航海的不易。从小方面说，晕船这一点就足以让很多航海人退却。在大学实习期间，他和船员在船上煮面条，因为风浪大，煮好几次都没能成功。“每次都是水沸了，把面放入锅，一个浪打过来，船颠一下，面全翻了。等到面煮好了，其他人只顾着吐，已经没胃口了。王顺晕船没那么严重，只有他吃得下。”往大了说，就是意外事故的生死无常。他的大学同学曾被分配到一条货船上实习，因为雾大，这艘船在虎门港口和一条挖泥船相撞，全船无一人生还。幸运的是，同学那天回老家喝喜酒，逃过了一劫。

维权不易

1998年以前，他是广东省某航运局的一名船员。20世纪90年代初，国企改革正在进行中，航运局是地方国企，自然也卷进了这股改革的潮流。转型中的航运市场和运输环境都不大好，湛航业务惨淡，许多船员没能上船工作，所以单位允许员工通过船员管理公司（中介）到国内的其他航运国企自谋职业。在那时，中介与船员自签的国内航运单位签订船舶配员服务协议，与船员之间签订上船协议。自签的国内航运单位付给船员工资，两者之间通过上船协议形成法律约束力。原用人单位与船员签订的是劳动合同，承担了船员的社会保险等福利。这种外派形式与1992年《交通部外派海员培训管理办法（试行）》中定义的外派海员不一样，前者是国内航运公司之间的船员流动，后者是国内与境外（含港澳台地区）航运企业的船员流动，属于对外劳务输出。“用行内的话来说，两种形式的外派统称‘炒更’。”王顺介绍。1987年他从航校毕业，被分配到航运局工作。1991年考取三个证书后，他开始频繁外出炒更，仅1992年内的一个月，他就换了四条船工作。临近1992年春节，他登上“粤海419”从湛江去香港，到了香港登上“惠华号”，没有停歇，一上船就开往曼谷。7天航行后到了曼谷，马上又换船回香港，到了香港后登上第四条船。一个月内，他在湛江、香港和曼谷三地的航线间往返。那时王顺还是船员中的新手，精力充沛。虽然每天要装卸上万吨的货物，但他能承受这样的工作强度，反而是奔波的工作周期以及机械而单调的工作内容，让喜欢安稳而恋家的王顺不太习惯。

1993 年的一次“炒更”差点让他丢了性命。交接船舶那天夜晚，他和另外一批外派船员一起在湛江码头接收货船。奇怪的是，一上船，没有人和他们办理交接工作。王顺这一批年轻人刚出来工作，经验不足，认为这不是什么大问题，就指挥人手把船开出了港口。他们不知道，正在向茫茫南海驶去的这艘船，底舱破了一个大洞。航行的第一天，海面风平浪静，船没有出现异样。第二天晚上，起风了，浪越刮越猛，船在大海中央开始剧烈地摇晃，底舱的大窟窿进水了。“我去舱下一看，吓死啊！断开的钢筋架都露出来了！”王顺和船上其他人的第一反应是：“要完了。”他们判断，如果不及时把窟窿堵上，把水引流出去，失去平衡的船体一定会翻。他们这才意识到没有人办理交接手续的恶果，开始愤怒于中介没有告知他们船体受损的事实。但是情况危急，他们没时间追究是非对错，只想着如何保命。船长带领所有船员导流，同时用棉花包裹着钢板沉入底舱，并用运输的水泥堵住窟窿。在全船人的努力下，船舱的洞被堵住不再进水了。刚停歇下来的王顺发现，这艘开往马来西亚的船，原本应在赤道以北三四纬度处靠岸卸货，但是为了应对安全事故，全船人手忙脚乱致使船偏离了航线，它越过赤道向南行驶了六七纬度。“我们已经想到弃船跳海，救生衣都穿上了。”28 岁的王顺做好了最坏的打算。那时他已经是一个 2 岁孩子的父亲，而父母亲仍在农村里务农，等着儿子有出息后把他们接入城里享福。王顺寄希望于这份与风浪搏斗的工作以摆脱贫困，但眼前猝不及防的灾难使他感到万分悲凉。

后来他们平安归来，中介发给每位船员200美金的赔偿金，事情和平解决。“我们是幸运，那天风浪还不算太大，也多亏我们的航海技术和应急能力过硬。但不是谁都那么幸运的，这种灾难分明是人祸，换成另一批人可能就悲剧了。”

“1993年、1994年的时候，海员外派是很新鲜的事，市场还不是很规范。而且船员和中介、船东签订的多是劳务合同，不是劳动合同，大大减弱了国家要求资本一方履行义务的强制性。”王顺的印象中，那时有很多外派船员被拖欠工资，但是无处可讨。事实上，有法也难依，这是因为船员们的法律意识淡薄造成的。“中介常常在劳务合同的工资、保险这一块玩文字游戏，来克扣工资。有一些船东写了张欠条就走了，说是让船员去天津找他，但是家在广东的船员，谁有那闲工夫去讨薪啊。多一事不如少一事，船员把讨薪的精力花在外派上，还能多赚点。”王顺说。船东有强大的资本做后台，而中介占据信息链中的优势地位，船员群体作为劳动力往往处于弱势地位，当自身权益受到侵害时，他们很少想到走法律途径。有时在经济利益的驱动下，他们甚至不认为自己的劳动权益受到了损害。

1992年的《海商法》规定，船员在被拖欠工资或者因工而伤时可以行使船舶优先权，即通过申请扣押并拍卖船东的船只来保障自己的权益。但是在20世纪90年代初，很多船员并不知道这条法律条文，他们多是实践上的佼佼者，但缺乏法律知识的培训。“2000年以后船员的劳动纠纷少了很多。因为很多国际公约、法律政策生效，执法也严了，船东和中介是没办法耍赖的。如果不发工资，船员一个电话打到海事局，马上就会扣船。”王顺回忆，2011年东莞沙田的一位老板，欠了船员七八个月的工资，船员申请把他的 3 条船扣在国外的也门、新加坡等地，请求当地的海事法庭和大使馆出面解决他们的工资问题。“说实话，现在航运领域的立法、执法、用法都在进步。”王顺说。

离家的苦与乐

1994 年，清明节过后，王顺从湛江出发，开船到越南鸿基港口装煤炭。在那里，他坐了 123 天的“水监”。不同于传统意义上的监狱，坐“水监”这一行为更多是船员们自愿的结果。

发货主是越南人，与船东、收货主协定好在越南鸿基装货。货装好后，临近出发前，发货主突然收到收货主跑路的消息，秉着先收钱再发货的行内规则，发货主决定不发货，紧急申请把装着货的船连带着一船的人都扣下。从 6 月 1 日被扣船到 10 月 1 日，经历 123 天后，王顺一船人在凌晨五点的夜色中从鸿基港驶出，回家。“急得我们船员要去大使馆求救了。”许多年后提起这段往事，王顺的语气里没有害怕，也没有兴奋，很淡定，兴许是大风大浪见多了的原因。“6 千多吨，怎么卸呀？谁买单？”王顺的一句话让人无法反驳。卸 6 千多吨的货？谁来付给他们劳务费？发货人不愿意负责，所以扣船扣人，等着收货主出现。船员们不知道找谁负责，害怕白白付出劳力，拿不到劳务费，也在等着收货人的出现。某种程度上，船员们默认了发货主的扣押行为是合理的。

“船要人看，货也要人看。”王顺认为船员有责任留在那里，一走了之不现实。但是他们没想到会在那停留这么长时间。海上的经济活动涉及多方利益，运作机制复杂，投入成本巨大，谁也不敢轻易承担责任。对于船员来说，这种“无辜的负责”和“无望的等待”是家常便饭，他们处在弱势地位，无论在运输环节还是交易环节，主动权都不大。最后，王顺所在的航运公司花了 200 多万把 6 千吨煤炭、船和船员赎了回来。

被问到在鸿基港的 100 多天是怎么度过的，他说：“钓鱼，我们钓了一百多斤鱿鱼。”船员们的生活并没有受到当地海事局的限制，也没有遭到发货主的刁难，相反，他们还挺优哉游哉的。生活工作虽然不断上演着危险而狗血的剧情，但丝毫没有减损这群航海人的生活情趣半分。

一起闯世界，一起风里来雨里去，一起化解危险事故，王顺和同船工作的船员的情谊建立在同甘共苦的航海生活基础上。有一次，王顺在新加坡刚把船交接给下一位船长，就听闻了悲剧。那艘船的下一趟任务是运输有毒气体聚氯乙烯，需要工人置换仓库内的气体。谁知仓库门一打开工人就冲了进去，由于没有做好安全措施，他们到了门口就倒下了。“当场死了两位修理工人。虽然知道航海是高风险职业，但是对死亡还是没法做到习以为常。很多人没了就是一下子的事。”王顺说。还有一次，一艘船刚运完一批原油，接下来要运的是棕榈油，为了不影响货物的质量，船员们要先洗舱。原油是黑色的，很黏稠，船员们用各种化学药剂刷洗着油舱。“你知道洗舱那过程有多惨。呛人的油味让人想吐啊！脸上、身上黑黑的全是油迹。”王顺说，“最后那个舱被我们刷得锃亮。”“能在一条船上一起当过船员的人都是有缘分的。”王顺说，“都懂得彼此的不容易啊。”

在 90 年代，船员下海工作一趟，基本一去就是大半年，甚至更久，和家人聚少散多。1996 年，正月初二过后王顺就到船上工作了。出发前他只是和家人简单说了句“要去工作了”，但是去哪里，去多少天，家人并不知道。事实上，外派船员通常只有到了船上才知道一次航行的目的地和时长。在海上是无法打通电话的，船员一般要等船靠岸后才能上岸打电话。在外 70 多天，王顺和家人很难联系得上。在那趟航行中，船舶在码头停留的时间不长，通常是货一装卸好，船马上就开了，王顺没找到机会打电话回家报平安。1996 年开春那段时间，第五次台海危机愈演愈烈。家人不知道王顺这次航行会不会经过东海，又收不到他报平安的电话，急坏了。“我老婆天天去中介问我消息，中介很烦她。我们在海中央，中介联系不上我们。打电话给船东，船东也不知道我们在哪。”王顺说，“那种情况下失联，对他们来说很恐怖。”其实，王顺那次的航线是在菲律宾和越南一带，不会受到台海危机的影响。但是在通讯落后、信息不通畅的年代里，国内局部地区的不稳定带给了王顺家人太多不安的想象，“我爸妈以为自己没儿子了。”想起这次失联，王顺还心有余悸。

1997 年，二女儿出生还未满月，王顺去了深圳华南液化气船务有限公司，一口气下海做了 40 个月的工。2000 年他回家，一进门，本想抱抱快两年没见的女儿，没想到女儿认不得这是爸爸，害怕得跑到阳台躲起来了。“她问这位叔叔是谁。”王顺哭笑不得。

2005年的圣诞节前后，已经拿到船长证的王顺带队16人从广州前往斯里兰卡。“上街的时候有军人拿枪跟着保护你，说实话，紧张归紧张，可是不知怎么的有种自豪感。”提起与战乱地区的近距离接触，王顺的记忆里不是恐惧，而是一些美好的事物。他记得斯里兰卡天然的海滩，“很漂亮。水天都很蓝，阳光明媚。”他说，“海鲜也很便宜，一元美金可以买一斤石斑鱼。我带着船员去买了120公斤！一船人吃几天几夜都吃不完。”

王顺20多年的航海生涯里，1998年是一个重要的节点。在这以前，他是一名国企船员，尽管原单位业务惨淡，他的工作多半是自己通过中介寻得的，但总算是享受了国企的社会保险福利。1998年以后，他成为一名自由船员，也称个体船员。个体船员与船东、中介签订的都是劳务合同而不是劳动合同，在2011年的《海员外派管理条例》出台以前，这一群体的合法劳动权益常常面临着严峻的侵权风险。但是王顺觉得自己命还算好，没有遭遇过工伤，也没有被拖欠过工资，一次次的海上危机也都逢凶化吉了。“你看我的名字里有个‘顺’，应该是得到上天保佑了吧！”王顺笑。

2001年，他考取了船长证书，先后为新加坡等境外船东工作，成为了真正意义上的“外派船员”。2007年，他上岸了，不再下海工作。5年以后，他重新被招聘进入航运局，成为轮渡船长。

“重回苦海”——他打趣自己说道。

（文 / 王瑜玲）

印尼华侨的归乡之路

假如没有发生那些事，他们可能很平静地过完各自的一生；假如没有怀揣一颗爱国之心，他们可能还是经营着各自的生活；假如没有在茫茫人海中一眼看到对方，他们可能依旧走着各自的人生。在那个跌宕起伏的年代，两个人不断追逐着，寻找终点。

两颗散落的珍珠

作家龙应台说过，“我们每一个人就像一颗颗散落的珍珠，分布在不同的角落。”年少时期的外公外婆，随着父母一起生活，外公在印尼东爪哇省泗水，外婆在中爪哇省三宝垄。两个人，两座城，相隔三百多公里。

外公出身于木匠家庭。当年外公的父亲因为贫穷被卖到南洋做劳工，俗称“卖猪仔”，熬过艰难而漫长的海上生活，最终抵达印尼，掀开了人生的新篇章。外公家里共有5个孩子，外公的父亲希望自己的孩子们长大后能够有更好的发展，于是一人扛起整个家庭的生活重担，赚来的钱都拿来供孩子们读书。

外婆出生在一个知识分子家庭，曾祖父是华人学校的校长，曾祖母是曾祖父的学生。外婆家里总共有6个兄弟姐妹，有一个大哥，外婆是老二，下面还有三个弟弟和一个妹妹。家庭条件还不错的外婆，年轻的时候过得很是肆意潇洒。外婆讲到学生时代的趣事时眼睛里泛着笑意，想必那是一段无忧无虑的美好时光。

60年代的印尼排华事件，让许多在印尼的华人家庭生活在水深火热之中。在祖国的号召和帮助下，外公外婆带着梦想踏上回国之路，在祖国的土地上发光发热，为祖国的发展贡献自己的一份力量；也在祖国的见证下，找到自己的人生伴侣，相随此生。

“文化就是一根强韧的细线，将珠子串成一串。”这是龙应台的后半句话。同根同源，中华文化把海外的华人们连在一起，他们始终不忘自己根在何处。这可能也是外公外婆冥冥之中的“月老红线”吧。

平静的破裂

回忆起当年在印尼的生活，外公外婆总抱有很深的感情，他们感激那里的土地和人民。家里的餐桌上时常会有印尼菜，如沙嗲、虾片等等，外公外婆借此来缅怀当时的生活。外公外婆虽然是因排华而回国，但他们会强调：“那只是一小撮叛乱分子掀起的反华运动，华人和当地人的关系是密切友好的。”

外公读高中的时候，国内正值抗美援朝时期。当时印尼泗水新华中学就组织学生成立义演团，到各地举办一场又一场的演出活动，赚来的钱都用来购买物资支援战争。外公说：“那时候我们不分昼夜到街上向群众兜售演出票，到华人商店募捐，他们都很支持我们，也很乐意帮助我们。最后我们才能募捐到相当数量的钱拿去支援前线。”

然而，一切平静都在19世纪50年代后期被打破。原本亲华的政府被推翻，主张排华的人掌握政权并开始实施排华政策。当时所有县级以下的中国人都不能做生意，也没有工作。县级以上的商场规模较大，印尼需要这些商店，因而没有关闭，但是仍设置了很多屏障。当地还宣传号召印尼青年加入民兵团组织，引导他们参与排华运动，还有许多黑社会人士打着排华口号欺负当地华人，压榨他们的钱财。那一时期，恐怖的气氛笼罩在印尼上空，华人饱受迫害，生活无法继续。

随着排华政策的愈演愈烈，越来越多的华人纷纷逃离，或去海外，或回祖国。中国方面也派出迎亲船到印尼接回愿意归国的华侨。外公说：“祖国才是我们的靠山。”

相互吸引

外公的母亲在日本侵略印尼的时候被炸断了腿，没有参加工作，因此外公一家人的生活全靠外公的父亲一个人撑着。排华政策实施时，这个家庭已经无力承受。外曾祖父祖籍是广东，他就想跟着中国派来的迎亲船回国，而外曾祖母是当地人，一是不想离开她的家乡，二是想着曾祖父在中国还有一位夫人，就不愿跟随回国。于是外曾祖父便独自带着几个儿女踏上回国之路，1960 年 8 月，落地湛江。

此时的外婆 20 岁，她在中华学校听到祖国的号召，又看到自己的大哥回到祖国后被分配到山西太原宇航局从事气象及翻译工作，就和她的同学们一起相约回国。外婆说，“我们是坐荷兰的船回国的，由中华总会支付我们学生的船票。”她们这一批人于 1960 年 6 月落地广州。自此，外婆和她的亲人分居各地。外婆的父亲是当地华人学校的校长，因而没有回国。他带着妻子和三个比较小的孩子留在印尼，度过他们的余生。

年轻的时候总是无畏而热血，相信努力总能创出自己的一番天地。因为青年人的美好想象及热情，当外公外婆在画报上看见以前未曾见过的农作物丰硕果实时，不约而同地选择到祖国的农业战线奋斗，将自己的青春和未来都奉献于此。

根据国家的分配，回国后的华侨们有些被分到华侨农场工作，年纪小还在读书的，成绩优秀则可以继续完成他们的学业。外公外婆回国后一路向西，去到云南昆明参加统一考试，最后填志愿的时候都填写了昆明农林学院。

那个时候，华侨们都住在同一栋楼，一百多个人里，外婆认识了外公。

因为都是从印尼回国，生活习惯相似；又怀揣相同的梦想，响应祖国号召，投身祖国建设；在性格上又互补，一个冷静理智，一个勇敢果断，外公外婆大学期间就确定了恋爱关系，一起规划他们的未来。

逐渐走近，更加深爱

1959 年至 1961 年，中国经历了“三年困难时期”，大跃进、人民公社化和三年自然灾害给农业造成巨大损失，粮食产量与储存量急剧减少。民众的生活用品、粮食都要凭票获取，每个人的额度都是规定好的，也没有多余物资可供给。

“困难的时候，生活水平的确要比我们在印尼的时候还差一些，红薯、杂粮当主食。但是国家对华侨相对优待些，怕我们吃不饱，习惯不了，饭没有定量，也没有混着杂粮，还有肉可以吃。”当然，这样的差别对待引来小部分同学的不满和嘲讽，他们说外公外婆这些华侨学生有资本主义思想，讲吃讲穿，不会劳动，在困难阶段还只顾着自己享受。

但是，包括外公外婆在内的这批华侨学生都不愿意接受异样的眼光，也不想在国家困难时期继续被优待着。于是他们主动向国内学生看齐，用实际行动向国内的学生表明爱国之心与在祖国扎根的决心。“我们主动和国内学生一起吃饭，他们吃的是杂粮饭，里面混有玉米、蚕豆，我们也跟着吃。我们跟着他们一起劳动，国内学生被要求做什么，我们也会跟着做。我们还要更加努力学习，表明我们的决心。我在学校期间获得先进分子，奖学金等奖项，还是学习毛主席、雷锋的积极分子及思想工作者，后来还参加过政协、人大。”外公说，从印尼回到祖国，刚开始肯定不适应，但是他们都很积极地去融入国内的生活，参与国内学生的活动，后来和大部分国内的学生都建立了友谊。

外公说，他回国是难侨身份，口袋里面没有多少钱，国家优待华侨，在生活学习上给予帮助。他除了靠努力学习获得奖学金之外，假期还要打工赚钱，以改善家里的经济条件。外婆说：“那时候我也跟着他去工作，去挖地呀……”话音未落，外公抢着说：“你就挖了两三天。”外婆听了哧哧地笑了，丝毫没有被戳穿的尴尬。相对于外公，外婆的情况相对好些，她的大哥每月会寄给她十到十五元，减去生活花费之后，外婆把剩下的都给了外公。

这段时期，两人都慢慢地改变，适应并融入国内的生活中。两人也在交往中更加了解对方，深爱对方。

一生相随

1964 年，外公外婆毕业于昆明农林学院。

响应国家号召，服从国家分配，他们共同填写了临沧这个地方。在当时，从昆明去到这个边境小城需要 3 天的车程。外婆说：“当时我们填的算是最远的，我的同学都留在昆明附近。”到了临沧后，两人从事农业技术工作，外公在农业局，外婆在农科所。

1967 年，外公外婆结婚。他们拿出当时的结婚证，红底黑字，没有照片，周围围着喜庆的花朵。这张结婚证仍然被外公外婆完好的保存着，足以表明他们对这份感情的珍重和爱惜。

时光如梭，转眼间已过去十二载，1979 年，外婆随着外公，携着三个小孩，回到开平。

人生的归宿

回到开平后，外公也被调回到农科所，和外婆在同一个单位工作。从那时起，他们就一心在开平经营好自己的生活，教育好他们的孩子。工作兢兢业业，生活和和美美，虽然生活总会不时带来一两件不顺心的事，但两人都选择共同面对。

还有一件事一直堵在外婆心头，她一直期盼着能与远在印尼的亲人团聚。直至 1990 年，中国和印尼恢复建交，已经三十年未见到父母的外婆马上联络印尼的亲人们并争取尽快回印尼和家人见面。外婆回到印尼时，父母已老，她回国时才出生的小妹妹也已成家，另外两个弟弟也一直留在印尼生活，代外婆尽心尽力照顾父母。外婆是少小离家老大回，之后外婆又回了几次印尼探亲。

两个人现在已退休，每月固定领着退休金，平日里开着小车在城里买买菜、兜兜风，不时约上兄妹或朋友到其他地方旅游。浮浮沉沉数十载，两人的生活也最后归于平静了。

其实，回顾外公外婆的一生，“祖国”和“彼此”是他们两人人生的主题，命运的归宿。年少回到祖国，一路追随着祖国，默默奉献他们一生，见证祖国的发展壮大；同时两个人又能始终互相扶持，不离不弃，相随此生。此生，足矣。

（文 / 郑婧筠）

援建吉尔吉特

曾浩瀚主导修建的水电站正在进行 72 小时的试运行，为此他已经两天没好好休息过。一大早，他就开启了繁忙的机组检测作业。

正在这时，曾浩瀚的手机突然响了。

手机上显示，这是一个外国未知号码。快步走出检测室，曾浩瀚满怀期待地按下了接听键。信号不是很好，在滋滋的电流声中，断断续续地传来了几句生硬的中文。

“曾工程师，战争暂时停止了，给你报个平安。有机会我会到中国来看望你。”这个声音来自吉尔吉特，曾浩瀚已经接近一年没有听到了，此刻它显得遥远而陌生。

2017 年，巴基斯坦已经成为世界上受战争波及最严重的国家之一。位于巴基斯坦北部的吉尔吉特因为地处争议的克什米尔地区，几乎也是终年战乱不断。

曾浩瀚很少与人提起，那片满目疮痍的土地曾是他工作了近十年的“第二故乡”。

“一个荒凉的天堂”

2000 年 6 月 18 日，曾浩瀚一行五人的工程师团队踏上了去往巴基斯坦的路程。

那年他 28 岁，是公司里少有的出身名牌大学的本科生，对水利有着极大的热爱，成天有用不完的气力。所以，当公司通知他去到巴基斯坦进行无定期的水电站修建援助项目时，他都没想过推脱。

“当时小孩刚要上小学，去到巴基斯坦做援助项目能赚得比国内多一些。我和妻子一商量，孩子读书还需要钱。趁着年轻，吃吃苦也没啥。最开始就是这么想的。”

如今再回望最初的想法，曾浩瀚总觉得有点无知与无畏。

去往吉尔吉特的路程比曾浩瀚想象中艰辛。2000 年，重庆江北机场并没有直飞伊斯兰堡的航班。为了在最短时间内去到吉尔吉特，五人在巴政府的安排下从重庆坐飞机到了乌鲁木齐，接着转乘火车去到了塔什库尔干，最终到达了毗邻巴基斯坦的红其拉甫口岸。

在红其拉甫口岸，曾浩瀚一行人等到了去往吉尔吉特的国际大巴。大巴有点破烂，慢悠悠地走了近一天的时间。

在大巴上，曾浩瀚对吉尔吉特这个地方越加好奇。在千禧年，互联网还没普及进每家每户，他对吉尔吉特的了解还只停留在项目介绍栏短短的几行字里。那里究竟什么样？怎么和外国人相处？

他的好奇终于在漫长颠簸的路途中，被迷茫湮没无踪。

大巴摇摇晃晃，赶在夜色降临前将曾浩瀚一行人“摇”进了吉尔吉特。此时，周围已是海拔三千多米的高山地区，曾浩瀚觉得干燥而稀薄的空气像一把匕首一样插进他的鼻子里。呼吸突然间变成了一件困难的事。

借着浑浊的天光，曾浩瀚一下车就把吉尔吉特一览了个遍。这座城市实在是太小了。

笔直的街道，一眼就望到头。街道两边全是村民们用石头搭的平房，一个接一个的石头缝透露着这座城市的贫穷。

也许是被告知今天援助的工程师会到来，村民们都站到了自家门外。一双双圆溜溜的眼睛从四面八方悄悄地打量着这行人。

望见曾浩瀚他们下了车。村长带头冲了上来，接过了他们的行李。紧接着，其他的男性也跑上来扛行李。曾浩瀚就这样被人群裹挟着去到了住地。

“我们住的是两层的砖混房屋，专门为接待中国来的专家修的，和当地居民的房屋比啊，可是领先了一二十年呢。”

出乎曾浩瀚意料的，当地人对中国来的专家十分友好。他们害羞地用不标准的“你好”挨个上前跟曾浩瀚一行人打招呼。有的人家还带上了饼干和红茶。

在与当地人热情的交流中，曾浩瀚逐渐了解了这个自己不知道会工作几年的城市。它一贫如洗，只有贫瘠的戈壁和陡峭的雪山，村民们长期处于失业状态，几乎没有贸易可言。这里虽拥有着丰富的水力资源，水力利用率却低于30%，几乎可以说是达到了浪费的程度。

曾浩瀚逐渐弄明白原来他们一行人的到来在当地人眼中并非只

是一个国家政府牵头的项目。他们还带来了这座城市发展的希望，带来了无私的国际主义大爱。

一想到这些，又想到来到这里的初衷，他在吉尔吉特的夜里，辗转难眠，心绪复杂。

“那晚我穿得像个乞丐”

很快，曾浩瀚他们就展开工作了。在调研阶段，为了方便中国来的专家出行，政府给他们配上了专车——拖拉机一辆。“那种拖拉机是老式烧柴油的，现在肯定少见了。我们每天就挤着坐在三人座里。可以说是严重超载了。”

水电站选址“Juglot gan”距离住处大约有半小时车程。伴随着拖拉机震耳欲聋的“突突”声，曾浩瀚和同事挤在司机旁边，他的双手控制不住地四处乱抓，不知道是该捂住被柴油燃烧后的黑烟熏得睁不开的眼睛，还是应该垫着被拖拉机的抖动震得“开花”的屁股。

随着次数越多，他变得越来越从容，甚至到调研末期，他已经能用盖住引擎声的嗓门和司机谈笑了。

那天，曾浩瀚同司机正坐在拖拉机上。突然，身后响起了一声闷雷，这股声响裹挟着声浪刺进了曾浩瀚的耳中。

耳鸣袭来，没等曾浩瀚回过头看究竟怎么回事，司机迅速停下车，拖拽着呆滞的曾浩瀚，趴在了道路旁的戈壁中。

他们的停车点离印度管控的克什米尔地区仅有9公里之差，也是吉尔吉特的这段公路上距离印度最近的拐点。

等着耳鸣逐渐缓解，曾浩瀚才从司机口中获知，原来那是“常有”的炮弹轰炸。恰好，今天他赶上了。

“趴好，趴好，没事的！”

司机一直用英语向他重复着这句话，让这位千里迢迢从中国赶来的专家受到他们“例行常规”的惊吓，他感到很抱歉。

可第一次与战争擦肩而过的曾浩瀚竟然想不起一句英语回答他。等待炮声消停，曾浩瀚才抬起头望向炮弹轰炸过的地方。到处都扬起了黄沙，在戈壁滩的掩映下显得有些悲壮。

两三秒后，他回过神，用无法控制的颤抖的双手拍了拍司机的肩膀。

很快，他们驶离了轰炸区。

从此之后，曾浩瀚坐在拖拉机上的心情再不像从前那样轻松。他不敢和妻子提起自己那段惊心动魄的经历，害怕她牵挂担心。每次路过“9公里轰炸区”，他除了多了一份警觉，也多了一份侥幸。

一年很快就过去了，水电站选址考察完毕，所有的建筑材料都开始在国内定做并运往吉尔吉特。一切看上去都井井有条。

2001年9月13日晚上，五位工程师像往常一样，聚在一起吃饭。一位工程师照例，打开了收音机，正在调试信号。不知为何那天的信号特别的弱。曾浩瀚正用手扒着土豆，准备下着米饭吃。突然，收音机中断断续续地传来了美国遭遇“911”恐怖袭击事件的消息。

不仅如此，广播中还提到，巴基斯坦很有可能被美国列入重点打击对象。放下碗，大家只能面面相觑，都没有了吃饭的心思。

良久，曾浩瀚开口说：“我们得去向大使馆说明情况。”

当晚，五人来到了当地的中国大使馆。大使馆已经聚集了小部分的援助项目人员。在与政府进行交涉之后，大使馆决定在一周内将他们陆续转移回国。获得了大使馆明确的回复，五个人安心地回到了住处。

第二天醒来，住处附近已经有了站岗巡逻的部队。政府专门派了一个排的兵力来保护他们，这样的做法显然给曾浩瀚打了一剂镇静剂。大使馆的具体通知也下来了，他们被安排在第四天回国。曾浩瀚一边数着回国的日子一天天临近，一边给当地工人布置着手头的工作。

到第三天睡下前，曾浩瀚还给国内的妻子打了一通电话。由于局势的紧张，电话的时长也被严格控制着，曾浩瀚匆匆报了平安，说明了回程日期。妻子在电话里还特意向他强调，孩子一直嚷嚷，你回来要记得给她带礼物。

和家人阔别一年，尽管是因为战争原因匆忙回国。但曾浩瀚还是计划明天抽空去到当地村民那里，买点特色的纪念品回去。

半夜，曾浩瀚被士兵摇醒了。在他还没来得及去弄清楚这是梦还是现实时，士兵连忙说："赶快收拾东西！五分钟！赶快！"

曾浩瀚把上身撑在窗台上，外面的空气弥漫着火药味，远处几簇不真实的烟火，照亮了空气中浑浊的颗粒。

"曾工程师，你得快点！五分钟，大使馆的车在楼下了！快点，不然就赶不上飞机了！"

曾浩瀚恍然如梦初醒，他翻下床，开始收东西。可离约定的回国时间还有一天，他几乎什么都没收拾，什么也来不及收拾了。收好重要的护照，身份证件等，正要换衣服，士兵就开始赶着他，坐上了大使馆的车。

曾浩瀚的四个同事已经坐在了车里，大家都没有来得及穿好衣服。大使馆的车像逃命似的飙出了住处，在夜色掩护下穿梭。

“空袭来了，局势很危险！来不及坐大巴出境了，我们去军用机场。”曾浩瀚又一次感受到了战争，只是这一次再也不是擦肩而过了。它清清楚楚地出现在了曾浩瀚面前，还带着从未体验过的危险气息。

也许是太混乱，也许是曾浩瀚的精神高度紧张。后来发生的事，他已经记不太清了。在五人登机前，巴军将他们被搜查得一塌糊涂的行李箱返还给了他们。只记得他辗转回到国内，穿着睡衣睡裤，敲开家里的门。妻子的眼泪立刻夺眶而出，“你怎么穿得像个乞丐似的！”

孩子听到爸爸的声音，从里屋跑了出来。才一年级的她不懂妈妈为什么会哭，只管上前讨要礼物。

曾浩瀚的表情中渗透出尴尬与宠爱，他把自己手臂上挂的“国际紧急”标签纸取下来，送给了孩子。七岁的孩子看不懂这么复杂的英语。她充满好奇地望着标签纸，就像得到了人生至宝一样，小心翼翼地捧着，回屋藏了起来。

“我们就像在并肩战斗”

然而项目并未完工，曾浩瀚一行人的使命还未完成。经过一年的中断，2002 年巴基斯坦的局势相对稳定，组织再次通知曾浩瀚一行人前往吉尔吉特完成余下工作。

这次，依然是同样的线路，但一路上曾浩瀚的心情已经有了明显的不同。一想到上次匆忙地离开，曾浩瀚一行人都有点沮丧，早已没了初来时的新奇。

在红其拉甫口岸坐上接送的国际大巴，曾浩瀚心里竟然比第一次来还要迷茫。

那个惊魂的夜晚是否会再现？

项目在当地工人的实施下发展得如何？

前期项目会不会因为战争功亏一篑？

种种疑问涌上曾浩瀚的脑海中，还没开始工作，他就感到了前所未有的疲倦压在了他肩上。

就在这时，大巴停下了。前方的喀喇昆仑公路因为高山冰雪融化导致了路桥塌方，正在抢修。“只能在这里住上一阵了！”司机一边说一边把他们的行李往外抬，搬进了一顶防风帐篷中。

两位工作人员也跟在他们后面进到了帐篷中。熟悉的母语突然钻进了曾浩瀚的耳朵里。“尽管知道有很多像我们这样的援助人员，但真正遇见，这还是第一次。”

原来这两位工作人员是中国派来喀喇昆仑公路的维修人员。

喀喇昆仑公路是世界上最高最美的公路，但同样也是世界上最险峻的公路之一。每年都有频发的雪崩、山体滑坡、积雪等地质灾害在此发生。因此，即使现在，喀喇昆仑公路已经建成几年，依旧有长期驻扎在这条公路附近的抢险人员。

抢险已经进行接近三天了，由于地区、设备的限制，抢险进度缓慢。这两位指导人员已经筋疲力尽。

那个晚上，曾浩瀚一行人同中巴公路抢险人员一起围在帐篷里，讲自己的家庭，唱着中国的民歌。一群工科男唱歌都不着调，但却丝毫没有影响氛围。

大家突然讲起了自己故乡的美食，讲到自己有多久没有看望家人。在不眠的夜里，重返吉尔吉特的曾浩瀚咀嚼着这份由同为中国人的抢险队员分享的乡愁，觉得心里有了不一样的滋味。

这一滞留就滞留了一个月。在完工之后，抢险人员主动载曾浩瀚去参观了吉尔吉特的中国烈士陵园。那里埋葬着在援建喀喇昆仑公路过程中牺牲的其中 80 多名中国建设者。

赶上那天是巴基斯坦的独立日。按照当地的风俗，国家节假日百姓们会自发前往陵园扫墓。在窸窸窣窣的人群里，阳光斑驳地投影在建设者的墓上，也照进了曾浩瀚迷闷的内心里。

“两位抢险人员看着那些墓，埋葬的都是他们的前辈。他们脱掉了手套，站在墓前悼念。”这个场景，即使过去了八年，曾浩瀚依旧记忆深刻。

那一刻，曾浩瀚觉得他好像正在同那些过去的，现在的以及将来的援助人员一起战斗。同恶劣的气候，同稀薄的空气，同贫瘠的土地，同简陋的设备以及纷繁的战乱。

回到吉尔吉特，曾浩瀚他们立马就被村民们包围了。

“曾工程师，我们真害怕你们不回来了。”村民们提着雪水养育成的无鳞鱼，抱着当地特色的高山土豆，采摘了当地晚产的苹果，偷偷地，每天不无例外地，放在他们门外。

2009年，因为战乱纷繁而几次遭遇停工的Juglot gan水电站终于正式建成。在结彩仪式上，曾浩瀚需要进行灯泡发电的实验。

西北省的第一执行书记前来庆功，就连老百姓们也都把水电站围了个水泄不通。老百姓们都悄悄地拉住曾浩瀚问，怎么灯泡能通过水发电呢？望着他们好奇的眼神，曾浩瀚心里的柔软被戳中了。

随着水电站运行的引擎声响起，灯泡慢慢发出了暖黄色的光。当时天光已暗，曾浩瀚看向台下百姓们眼睛里闪耀着的暖光，揉着自己因为紧张的发电试运行而忘记剃的胡子。

一时间，一股从未有过的满足充满了他的内心。

一转眼，时间已过去近十载。

已是不惑之年的曾浩瀚，依旧从事着自己热爱的水利事业。尽管因为战乱，他没有机会再回到他的“第二故乡”。但在那里经历过的人与事都深深地刻进了他的灵魂里。

每年，我们国家依旧有很多被派往不同的发展中国家进行国际主义援助的人员。他们大多毕业于名牌高校，有着突出的专业素质与丰富的从业经验。他们的坚韧与勇敢，给每一个援助地区带去了发展的希望。

而他们也为此收获着一个热爱自己职业的原因，解密着自己存在的价值。

（文中人名均为化名）

（文／曾浩鑫）

三十八年路

正值五一假期，文慧如大二在读的孙女难得回了家，兴奋地在饭桌上宣布暑假要和同学去泰国玩。已经 81 岁的文慧如笑得开怀，连连说好。在改革开放后，文慧如曾五次前往泰国，几乎踏遍了每一寸土地。而她与泰国的缘分，早在新中国成立之前就已经结下。

缺失的一角

1946 年，抗日战争结束后，文慧如的父亲文蔚如决定前往泰国。此时的文慧如作为家中老大也仅有 8 岁，下面还有两个弟弟，分别小她五岁和将近八岁。虽然当时还不懂事，且距今已经七十多年了，但提起突然分别的那天，文慧如仍然记忆犹新。“我要去番外了，你弟弟还小，你比较大，你要多帮你姑（母亲）。父亲说了这么一句，就走了。”靠着双腿走了八个小时，乘了七天船，文蔚如终于抵达泰国。而当时的文慧如还不懂父亲所说的“过番”的意思，在母亲洗衣服回来后，只不明所以地转述母亲：“姑，我爸说他要去过番了，让我要多帮你的忙。”母亲闻之一愣，号啕大哭。

在泰国待了一年之后，父亲写信让母亲前往泰国，并计划文慧如姐弟也过去团聚。母亲走后，三姐弟到外婆家生活了近一年。

母亲做生意是一把好手，去到泰国之后却只能依靠父亲在强民中学（潮汕人成立的中学）教书和在大和报社写文章所挣得的收入生活，无法补贴家中，相比在凤凰墟做生意时的收入差距很大。作为一个“厉害”的女人，文慧如的母亲不愿意留在泰国，在呆了10个月之后，她不顾丈夫的反对毅然回国，重新支起铺子做起生意，开了一家缝衣铺。从此一家人在凤凰墟里互相扶持。

文慧如的母亲于1948年回国后，1949年新中国成立，因当时并未与泰国建交，父亲无法再回国。就这样在懵懂之间文慧如失去了自己的父亲三十八年，直到记忆几近消失才得以相见。

与多数缺失父亲的家庭不同，文慧如家里并不因此经济紧张。父亲在家时，文家可称得上小富，生活较大部分人来说十分优越，常常能够接济乡人。而父亲走后，在母亲的一手好算盘之下，养活一家子算得上绰绰有余。此外，父亲在海外还会定期寄钱回家，因此，父亲的离开并未给文慧如一家带来经济压力，顶多只是生活从优渥变为了普通。

脊梁

虽然经济上文家并未被压垮，但繁重的家务却因父亲不在、母亲全心做生意而不得不落在不到十岁的文慧如身上。母亲从泰国回来时已经怀孕了，不久后便生下了最小的弟弟。煮饭、买菜、洗衣服、带弟弟、联系外人、开大队的会，家庭所迫文慧如从小就很能干。

文慧如的一天从起床做饭、给弟弟喂奶开始，然后爬上小山，捡柴火回家。她还要为家里碾米，毕竟还小，力气不足，只能用绳子拉着重锤，咬住牙关双手一拉双脚一跺，石窝里的米就被锤炼一次，然后将米倒进筛盘里不停地筛动，而这样的力气活往往要做三天才能得十斤能入口的米来吃。碾完米，文慧如将自己的弟弟绑在身上，一起带到小学去上课，晚上又要买菜回家，洗衣做饭。

母亲到泰国之后烫了头发，极其罕见的卷发加上其本来就十分好看的脸蛋，不少社会人士都要去骚扰她。连国民党的军官在见了一次她母亲之后，每次到凤凰墟都会问那个卷发女人在哪里。母亲吓得不敢出门，只能躲在铺子里缝衣服。丈夫不在身边，常常会有别人说母亲的闲话，文慧如替母亲行走在外，养成了一副泼辣的性子。有一次有个仗着丈夫条件好常常说闲话的妇人，在母亲洗衣服的时候喋喋不休，文慧如得知此事直接找上门，差点打了人家。文慧如回想起当时，笑得合不拢嘴。即使是如此泼辣，晚上的时候也会有不少地痞拍门骚扰母亲，于是文慧如在结束一天的繁忙之后又赶到母亲身边。弟弟们还小，文慧如就躺在旁边的小床上陪着母亲缝衣服，等到十二点多母亲做完之后才能和母亲一起上楼休息。就这样，文慧如以瘦弱的肩膀扛起了一大家子的生活重负，从早忙到晚，既是长姐替母操心弟弟，又要保护年轻漂亮的母亲，而这样的辛劳从 8 岁一直持续到她工作还未停止，从小生活的锤炼造就了她能干、有毅力、乐观豁达的品格。

因为二弟、三弟的接连出生，文慧如被迫休学了两次，直到 14 岁了还没小学毕业。她时常带着还在襁褓中的弟弟到学校去，有个老师看不惯，多次让她退学。“你这是上什么学！你弟弟在这里拉屎拉尿，别人怎么学习！”这样的言语令渴望读书的她受到伤害。但文慧如并未放弃，她理解母亲的难处，却也不肯放弃学习的机会。她回家与母亲理论要求将弟弟送到外婆家去照顾。这样才得以两次重返学校。

小学毕业之后，根据当时凤凰墟的习惯，学生们大多会去汕头读书，而这些人也是最争气的一批人。文慧如的成绩很好，五百多人常常考到前十。毕业后，她只身前往汕头的华侨中学，意外遇见一个老师竟是父亲的学生，他听闻文慧如是文先生的女儿，大喜，直接免了她的学费，告诉她只要交点书籍费就行。能如愿上初中文慧如喜出望外，但好景不长，仅仅不到一周，母亲直接杀到了汕头，喊她回去理家。“我没法给你读书，你要读的话自己给钱。”文慧如明白，其实是弟弟们太小了，母亲全心忙于生意，没有人看顾弟弟们，只能狠下心逼迫文慧如回家。这些冰冷的事实一下子刺痛了文慧如那颗渴望学习的心，一周快乐的初中学习生活就这样化为泡沫。

文慧如跟着母亲离开了，但她仍不放弃自己的读书梦。在繁重的家务之余，又自己去上了一年夜校。白天理家事，晚上到学校学习，身体很疲惫，精神却充实而快乐。然而夜校仅仅开了一年，一心想着读书的文慧如希望再次落空。“如果他再开下去我肯定会一直读下去的。”直到六十几年后文慧如心里还有隐隐的遗憾。

从小丰富的经历给了文慧如极大的毅力，造就她不放弃，不认输的性格。文慧如16岁就出去工作了，小小年纪就身兼数职——工商联妇女主任、文工团团长、缝衣社理事、出纳。虽然不幸辍学，但文慧如凭借着初中一年级的水平不断看书，繁重的工作之余一有空闲文慧如就会拿起书本。她不知道翻阅了多少遍水浒传、红楼梦，爱读书，也爱护书，读过的书她都好好保存了起来。至今家里还藏着一大柜子当时读的书籍，而文慧如仍会不时翻阅这些心爱的书。除了读书，文慧如还不放过自己的字，她就在夜里一边读书一边抄写，虽然只是小学毕业，但写出的字清秀不失骨气。得益于坚持不懈的自学，文慧如结婚后寄信到自己丈夫的单位，丈夫的同事都纷纷夸赞她的文笔，根本不敢相信她只是小学毕业。

刚刚工作不久，文慧如每个月就能拿上22块钱，给家里大大减轻了负担。后来到街委食堂当会计，在同事的帮助下学习会计。文慧如就记住几条定律不停地看，“我不管其他，就对着本子上的定律做。肯定错不了。”凭借着惊人的毅力自学，文慧如结婚后考上了会计班。学习完会计课程后，文慧如又进入了食品公司做会计，待遇在计划经济的背景下可谓是非常的优渥。文慧如笑称“这辈子虽然管这管那，没少操心，但倒是没少吃少穿过。”

补全的圆

有关父亲的记忆慢慢淡去。从1946年到1984年，文慧如足足38年没有见过父亲，家里两个弟弟在父亲走时还不懂事，最小的弟弟甚至从未见过父亲。听闻父亲要回国，文慧如和丈夫一起赶到汕头去接他。文蔚如入住旅馆，文慧如和丈夫就站在旅馆门口盯着人来人往。来往的人衣衫褴褛，文慧如始终觉得不是自己的父亲。看到穿着西装的人，文慧如就颤抖着声音上去问："请问你是不是文蔚如先生。"在失望了不知多少次之后，终于，有一位戴着眼镜，头发花白却仍儒雅的老先生点头说是。文慧如呆呆地说：原来你就是我爸爸。"两人抱头大哭。走时父亲头发乌黑，意气风发，回来时已是暮年，而文慧如自己也快要退休了，看着熟悉又陌生的脸庞，文慧如眼泪止不住地流。

提起自己早年远走泰国的父亲，文慧如眼中还闪烁着孩童般的崇拜。文慧如还记得父亲很疼爱自己，完全没有当时多数人的重男轻女。父亲很爱打麻将，做生意之余，经常抱着自己在麻将桌上。说到这里文慧如又笑了起来："可能我喜欢麻将就是跟我父亲学的。"退休多年，文慧如每周六都要出去和朋友搓一回。文慧如和父亲一起做生意的印象还残留着："我父亲心地善良，当时米铺买米都是按一斗米装平多少钱来算，穷人来买，父亲从不会刮平米斗，锥起来的部分常常送给乡人，人人都称赞他。"甚至在走后几十年，文慧如偶遇乡人时，还常常有人提起她的父亲曾经如何对待乡人。

后来，父亲身体不好无法回国，文慧如多次和丈夫一起去看望父亲。有时甚至自己一个人去，除了飞机，还要坐 7 小时火车才能到达父亲居住的城市。文慧如发现当地人很尊重他，父亲甚至学会了医术，开了一家大同药行。父亲带着女儿走遍了泰国，现在成了旅游胜地的清迈、曼谷等地，文慧如不知去了多少遍。当地的亲戚笑称："我们住了这么久还没有你们走的地方多。"

久别重逢，文慧如最大的遗憾已经填补。家中最小的孩子已经去了广州读书，文慧如感觉已经放下了心里的牵挂。"屋子不漏，有米可吃，还要有啥呢！"这是文慧如对幸福的定义。

听闻孙女要去泰国，关于父亲的回忆纷纷涌上心头。在父亲去世之后，文慧如就没有再去过泰国了，但对她来说，泰国是一个充满记忆的地方，无论是小时候的心心念念，还是后来与父亲难得的相处时光。

（文 / 翁锜）

阿全

客家话里，“钱”和“全”的读音相同，在成为“海全”之前，阿全做了二十余年的“海钱”。

阿全50岁，喜欢把头发剃光，皮肤因常年风吹日晒而变得粗糙且黝黑，因此看起来比真实年龄还要大一些，若非身材高壮，他走在乡间的小路上，远远望去的身形也跟一个小老头无异了。当被问起往事时，他喉间发出爽朗的笑声，一阵过后却只以两声短促的“呵”“呵”结尾，带着油光的面孔望向我时，他浑浊的双眼里却罕见地出现了一丝羞涩。他解释道：“没有人曾问过这些。”说罢，他的上眼皮略微下垂，似陷入回忆之中。

少年不识愁滋味

阿全在南方的一个偏远农村里生活，虽说物资匮乏，环境落后，可小孩们总能找点什么事来打发时间，一是为了怕家里大人看到他们闲着，让他们去干农活，“那可是一件没有自由的苦差事”，阿全说。二是玩心也实在太重，三两好友前来相约，阿全也就迫不及待地往水边挪了。

到了村口的小河边，衣服一脱，只穿着条小裤衩的阿全就一头扎进了清凉的水里，身体就像一条灵活的小鱼，在清可见底的小河里摇摇摆摆，好不惬意。夏日的酷热和农忙时带来的疲惫都被水融化了，留下的似乎只有舒爽。狂游出去几十米之后，阿全才从水里抬起头来，发现天空除了一整片蓝色之外什么都没有，“连只鸟都没有”，阿全哈哈笑着说，“也许它们也热坏了吧”。

不过那时只七八岁的他还来不及想为什么天上连片云都没有这个问题，背后就受到水花的撞击，耳朵似也进了水，阿全猛地一回头，发现同伴们正哈哈大笑朝自己身上泼水，玩心和好胜心被激起之后，他也不甘示弱地回击，几个人便围成一个不大的圈打起了水仗。你来我往一会儿，玩累了的几人躺在河边妇女们洗衣服的大石板上，嘴里叼着顺手在河边竹林抓来的嫩竹枝，一下午的时间也就过去了。只要有一点儿新鲜事，大伙儿就能七嘴八舌谈论很久，阿全有时候会用话惹大家发笑，有时候就只在旁边静静地听这帮兄弟谈天说地。在家长还没在院门口大声喊他们回去吃饭之前，自由就还握在他们自己手上。

在玩闹的过程中，阿全和同伴也会时刻留意水里有没有鱼，一旦发现“敌情”，跑得最快的那两个人总要被差遣回家拿上捕鱼的“工具”。其实也说不上是捕鱼的工具，不过就是家家户户都有的竹制簸箕和箩筐。把工具拿到手，几个人有条不紊地分工，将“敌人”团团围住，赶入箩筐中，一点不见最初捕鱼时那手忙脚乱的样子。可是河里的鱼都很小，带回家之后都被大人拿去喂鸡了。

这样玩乐的日子却是少的，在阿全的记忆里，他总是在被父亲带出去干活，哪怕年纪小的时候在旁边根本帮不上什么忙。“他是怕我跑野了，闯出祸来”，阿全虽不乐意，但也不能说什么父亲的不是，“我觉得我们那的孩子都是这样的”。

当时就想着一件事——吃饱饭

1976年，阿全被家里人送去村里唯一的小学读书。8岁的他天一亮就得起床去上学，到了学校第一件事就是做早操，操场上各年级的孩子分列站好，听着老师一声一声的口令挥舞着手臂，奋力驱散困意。接下来是一堂自习课，老师坐在讲台前的时候，同学们就埋头看手里薄薄的课本。一旦老师离开教室，座位就困不住骚动的少年们了，阿全最喜欢跟一起上学的几个亲戚说话，老师回到教室时又假装一本正经地温书。自习课后的数学课阿全就精神多了，那之后就能回家吃早饭，直到早上10点再回学校上两堂课就行。当时学校里喊着“打倒‘四人帮’”的时候，他也跟着喊，他只觉得这么多人在喊自己也应该跟上。“刚开始读书的时候也不知道自己为什么要上学，那时候只觉得很新鲜。”

当时的学费需要5块钱，可这也加重了一个贫农家庭的负担，尤其是在小自己三岁的弟弟也需要上学之后。农村的菜油水很少，当时家家户户做菜的时候都是拿一块猪油往热锅上一抹，等到这块猪油变得黑乎乎炸不出油而成为菜里的一员时，还是会被家里人争着抢着吃。

“当时家里很穷，甚至没有米饭可以吃，经常只能吃番薯。”当时阿全吃番薯时都是连着皮一起吃的，有时候甚至会吃到番薯皮里夹着的土。可就算这样，年少的阿全最大的感觉还是只有吃不饱。为了改善家里的条件，也为了能让自己吃上饱饭，阿全空闲的时候就和朋友去山上砍柴，把柴背到路边交给专门收柴的人。因为年纪小气力不足，这样忙活一天也只能赚到几毛钱。尽管家里的条件艰苦，他没有中途辍学，捱到了小学毕业，“因为我不想当一个文盲”，阿全坚定地说。

可不想当文盲的阿全也只能读到小学毕业了，到镇上的初中上学需要更多的钱，而这个连饭都没办法吃饱的家庭无疑是负担不起的。穷人的孩子早当家，13 岁的阿全就早早地担起家庭责任了。除了和父亲一起帮人家放牛赚钱之外，阿全最大的赚钱来路还是去山上砍柴，这种力气活不需要太大的成本，只要耐得住辛苦，总能赚到一点钱来改善家里的伙食。在条件贫苦的农村，阿全也找不到什么娱乐活动，或者说没有心思去找什么娱乐活动，每天的力气都已经随着劳动的汗水蒸发在空气中，只有在换取劳动报酬的时候，他是比较快乐的。可是这还是没能为这个家庭带来什么改变，父母好酒，家里攒下的余钱不会放在某个隐秘的铁盒子里，只会被父母拿去打酒。他向父母表达过不满，但丝毫没有奏效，因为这“不是小孩该管的事”。长此以往，他也把自己赚的钱存起来，有时遇到挑着担子的货郎也会买下一两样自己喜欢吃的零食，打打牙祭；有时攒到十余块钱的时候，还能买一身新衣服犒劳自己。

“那个年代，大家做梦都想吃顿饱饭。”阿全半睁着眼说道。刚满 15 岁的他被堂哥带去隔壁镇上的一个小饭馆做帮工，即将离开村庄的那个晚上，阿全听着土坯房外的风声和隔壁屋里父亲的鼾声交织在一起，心中的不舍难以言说，人也迟迟不能入眠。因为离别，年味儿似乎都淡了些。

而今识尽愁滋味

1984 年的大年初八，阿全和堂哥就启程了。因为打工的那家饭馆正月十五才开业，阿全得等上一个星期才能重新让自己的生活充实起来。第一天晚上衣服都洗不干净的阿全在厕所里无声地哭了出来。第二天阿全提出想出去走走，堂哥心想他年纪也不小了，便由着他去了，临出门前还叮嘱他早点回来。阿全走在陌生的黄村街道上，和素未谋面的本地人或面面相觑，或擦肩而过，可无论哪种相遇，带给他的只有不安与孤独。走着走着，阿全心底的声音越来越强烈——“我要回家！我要回去！”。抹了一把眼睛，阿全便凭着记忆走回了家——村里的家，有亲人朋友的家。“当时走回来的时候我很害怕，但是实在不想一个人待在黄村，我也就硬着头皮走回来了”，阿全在回家的过程中不断给自己积极的心理暗示，就这样咬着牙步行了 20 公里回到了村里。

父母看见儿子突然回来表示很惊讶，可是看见儿子通红的眼睛和冻得发颤的身子也不好说些什么，把阿全迎进屋，一家人还是像往常一样吃着晚饭。这边看上去一派祥和安宁，可堂哥见天黑了阿全还没回来，心里急得像热锅上的蚂蚁，晚饭都还没吃就要出去寻他。他一遍遍地问路上的行人，一遍遍地敲路边人家的门，都没有找到阿全的消息。他的朋友们同样也没有给他带回来好消息。凌晨回到住处，他也没法睡个好觉。

第二天一早堂哥便托一位家里有自行车的远方表亲回村子里看看阿全是不是回去了，自己留在黄村继续寻找。傍晚表亲回到黄村，告诉堂哥阿全确实因为住不习惯回了家，让他不必担心，他才放下了紧绷的心。正月十五前后，阿全被父亲送到了黄村，堂哥一句责怪都没有，整个人表现得像什么都没发生过一样，反倒是堂哥身边的朋友将那两天发生的事细细说给他听并不断指责他任性的行为，他才意识到自己制造了多大的麻烦，一时间竟不敢直视堂哥的眼睛。

饭馆开张了，生活又忙碌了起来。堂哥和几个工友天没亮就要起床准备磨豆腐、打豆浆、做包子，要确保天一亮就能把早餐拿出去卖。刚开始工友们都顾虑阿全年纪小，不忍心让他起早做事，但是阿全不愿意再给大家添麻烦就也加入了早起的队伍，一起做早餐卖。阿全看着满锅豆渣泡成的浓白色豆浆，困意也渐渐因为手上不能停的动作被驱散了；豆浆出锅后被他搬到店门口，撒上白糖，5分钱一碗就着烫嘴的温度卖给过路的食客。早餐卖完，阿全也就去后厨帮工了，基本上一天洗洗刷刷的就过去了，只有客人特别多的时候他才会出来帮忙。可这样无休止的工作也不能给阿全带来富裕，他甚至连积蓄都没有，实打实的是个“月光族”。好景不长，饭馆因为经营不善倒闭了，阿全在外工作一年后又回了家。

在家的日子，他也想着如何赚钱。因为砍柴的收益过低，他已经另谋出路了，做得最多的就是和几个好友一起去山上砍下大树当作木材卖给工地，树干很粗，重到需要三四个人才能抬得动，一天能挣三块多钱。村庄里最不缺的就是山和山上的树了，他就这么靠着自然的馈赠和自己的体力挣到一些小钱。那钱最后也没能成为积蓄，而是成了嘴里吃的或者身上穿的，那时候大家都想尽办法能让自己过得好一点。后来他听一位叔叔的介绍接连到制香厂和石场工作，但因为工资太低，活辛苦，生存环境差，最后都只干了几个月便不再干了。按他的话说，那点钱连吃饭都不够，待在那里也是没什么出路的。赋闲在家的时候，他只能搞搞他的木材生意，偶尔赚个几块钱。

在外做工前前后后快两年的时间里，阿全没有为家庭的经济贡献一分钱，虽然父母嘴上不说他什么，但是这足以使他的自尊心受挫，感到愧对父母养育之恩了。哪怕那时候的他才 18 岁。

他决心再出去闯一闯。1988 年的冬天，他和几个以前打工认识的弟兄一起去了中山，一起在一家表带厂打工。厂子很大，墙壁上用红漆写着激励人心的标语，车间里的机器声不间断地响着，手里不断重复着制作皮质手表带的动作，阿全心里虽带着烦躁却也乘着前所未有的认真。虽说在这儿工作每月能拿到 90 块的工资，是在石场时的两倍，但是厂里不包吃住，阿全的生活也没能因为双倍的工资变得更好起来。为了省钱，阿全和工友们合租了一间房，13 个人睡在一个说不上大的空间里，可没人觉得过不下去，因为他们都已经习惯了这样逼仄的生活。当时阿全和另外七个人自己用木板铺成了大通铺，各自划分好各自的“领地”，几乎身子挨着身子睡下。因为人太多，所以对厕所和洗脸池的争抢总是激烈的，阿全总是能成为那个最早起床的人，笑嘻嘻地把同屋的人吵醒，在他们眼皮底下抢占厕所和洗脸池的最佳使用时间。

厂子一天只用上 8 个小时的班，对加班时间也有有严格的限制，不能超过两个小时，所以晚上他们有充足的休息时间，几位相熟的工友就经常聚在一起打牌，彼此之间建立起了身后的友情。每周一是厂里固定的假期，阿全在这一天最经常做的事情就是待在出租房里睡觉，等到睡足了再出街透透风。当年正是港产片大热的时候，看电影也就成了阿全最喜欢的娱乐项目。看了很多的香港电影，周润发的《英雄本色》是他最喜欢的影片，“他拿着点燃的钞票给自己点烟的动作我到现在都还记得”，阿全到现在讲起这部片子眼神里都还会发出熠熠光芒。

在中山的生活虽然辛苦，但也平淡安宁。有一天晚上阿全到一位朋友家聚会的时候，被破门而入的警察吓了一大跳。他被带进了警察局。他知道是同行的几个朋友偷了几辆自行车放在楼梯间，却因为法盲不知道自己有包庇罪。几天后，他被送往看守所，这一关就是三个多月。

1992 年被释放后，他辞去了表带厂的工作，和几个亲戚去了深圳——那个据说改革开放后到处都是钱可以赚的城市。他们去了一个五金厂，每天做的工作就是给金属磨光。这一年弟弟带着一个朋友找上了他，他把弟弟他们也带进了这个厂子。当年的冬天，因为马达的故障，阿全被皮带拉扯着卷进了机器里，脖子上都是衣服留下的见血的勒痕，后背更是血肉模糊，工友急忙切断电源把他救了下来。“如果不是当时穿的衣服够厚，我可能就会没命了，”阿全现在想起那次工伤还会感到后怕，脖子和后背的疤没有褪去，心上的伤也没能淡化。得到一定赔偿后，阿全就带薪养伤，可是每每看见厂子里冰冷的机器他都会心里发毛。一个多月后，他向厂里提出辞职，可不知道未来在哪里。朋友介绍他去中山学理发并借给他一笔钱先安顿生活，他头一次受这么大的恩惠，连连道谢之后回到了中山，一待就是 12 年。

跟着师傅学了一些理发的基本功之后，阿全也渐渐对理发上手了，工资也渐渐从八百元涨到了一千多元，在当时已经是一笔巨款了，他买了一辆二手的自行车，骑着它上下班时感受微风擦过自己的脸颊，那时的每一刻都是快乐的。但是花钱大手大脚的他积攒下的钱也不多。因为这份手艺，他有了一笔“老婆本”，在 27 岁那年娶妻，那是他已经是村子里不多见的晚婚青年了。婚后他花了 3600 块买下了老家一块 120 平方米的地皮，日子眼看着就要好起来。夫妻俩一起在外打拼，努力还清因为建房子欠下的债。1997 年儿子的降生让他喜悦无比，可医生的诊断让他瞬间跌落地狱。他带着患有地中海贫血的儿子四处求医，家里已经债台高筑，可是为了救活儿子，他也没有犹豫过往外花钱，可是孩子还是在一年后夭折了。这时的阿全已经瘦得只剩皮包骨了。为了还债，他还得强撑着在外打拼，好像赚钱是他生活的意义所在一样。

一切都会越变越好的

1999 年，女儿降生的时候，他紧绷的心随着一句“健康状况良好”慢慢放松下来。这时他已经可以每个月赚三四千块了，可就算这样也花了将近十年的时间才把自己从债务中解脱出来。因为家族有遗传病史，每当接到家里来的电话，他的神色都会紧张几分，生怕女儿生了什么大病。

2004 年，因为小儿子的出生，家庭负担增加，他决定回到村里开一个理发店，照顾妻儿。开始几年，理发的价格只不过三五元，这一个四口之家的收入甚微。当听到弟弟在工厂里猝死的消息时，阿全甚至来不及悲伤，因为他还要肩负起养育两个侄女的责任。当大侄女在中秋节请求他给她买一个月饼时，他只能苦涩拒绝这样一个简单的要求，因为他没有钱。阿全每每回忆起大侄女强忍失落的眼神，见惯风风雨雨的他都难免会落下泪来。

因为村民对老实能干的阿全充满信任，他在 2013 年被推选为村主任，并且在接下来连续两届的竞选中没有进行任何拉票的情况下打败了竞争者。尽管这个职位一年只能给他带来一千多的工资，但是支撑他走下去的已经不再是钱了，是那份信任与被认可的喜悦。

“一切都会越变越好的。”阿全笑着说。

（文中人名均为化名）

（文 / 诸晓敏）

回高原去

南央左手拿着手机给我看她家乡的照片，屏幕里藏区湛蓝的天空和地下斑斓的彩带，与现实中嘈杂的烧烤吧格格不入。

第一次见到南央，是在暨大的龙狮馆里。在学校社团联合会举办的“新生之夜”上，她被龙狮队的表演吸引，加入了龙狮队。“小时候，我看黄飞鸿舞狮就觉得好帅啊！尤其是李连杰版本的！”南央激动地回答道，并接着说：“我第一次来训练的时候，教练还让我尝试当了一下狮尾呢，可是好累啊，要跳来跳去的，还是鼓乐比较适合我。”说着微微眯眼一笑，嘴角露出了一颗可爱的虎牙。

南央是她名字的简称，全名为德吉央宗，她是暨南大学 2018 级历史系的学生，“原本我们系只有一名藏生，现在有两个了”，她笑着说道，并用手指了指自己。

漫漫求学路

今年是南央来到广州的第一年，也是她远离家乡求学的第四个年头。每当寒暑假临近时，南央的思乡情绪就如潮汐一般涌上脑海，她会比往常更容易梦到家乡的山山水水。

1984 年针对西藏教育落后，人才匮乏的状况，党中央做出了“在内地创建西藏学校和举办西藏班”的重大战略决策。据人民网消息，截至 2019 年 1 月，内地西藏班累计招生 14.19 万人，其中初中招生 5.3 万人，高中招生 4.2 万人，中专（中师）招生 1.1 万人，高校招生 3.5 万人，为西藏培养输送了 4.6 万余名各行各业建设人才。内地西藏班现已形成包括初中、高中、中职、专科、普通本科和研究生教育在内的较为完整的办学格局，成为西藏经济社会长足发展和长治久安提供人才保障的重要阵地，成为各民族交流交往交融的重要平台。

2015 年，15 岁的南央坐上火车来到石家庄市的河北师范大学附属民族学院，开启属于她的西藏班生活，此情此景，她的姐姐三年前也曾经历过。但相较于姐姐，南央觉得其实自己幸运得多，离家求学时已有了一定的独立能力。

从小成绩优异的姐姐德庆曲珍，在小学举行的内地西藏初中班招生考试中获得内地升学的机会。由西藏自治区教育厅负责统一购票，各地市教育行政部门负责组织护送到校，是升读内地西藏班学生们的集体出藏方式。初次离乡的曲珍虽有一路上有朋友的陪伴，但年仅 12 岁的她，在到学校的第一年里，总是半夜躲在被窝里偷偷地哭，但第二天起床又会摆出一副无事发生的面孔面对舍友的关心。曲珍爸爸和对床女孩的爸爸是小学同桌好友，对床女孩把曲珍的行为看在眼里，在跟家人通话时也把对曲珍的关心说了出来，曲珍爸爸也知道了女儿的情况。曲珍求学的第一年结束了，但因为当时政策要求藏生三年的寒假都需留在学校，随着藏历新年（每年的2月份）的临近，一家人对曲珍的思念就像香炉里飘出的烟雾，持久萦绕在一家人的心里。南央人生中的第一次飞机旅程，就是跟随父母一起到重庆找姐姐。两姐妹刚见到面，南央就控制不住自己的情绪，感觉到眼睛里有水涌了出来，滑到了脸颊上，“我还哭了好久，但姐姐倒是很平常，没有哭”。

“不过现在想起来好像电视剧啊，当时我们住在姐姐学校的家长宿舍里，差不多待了一个月吧，要走的时候，她出来送我们，但说完拜拜就头也不回地走了。看起来毫不留恋的样子，但那时候她肯定是忍着眼泪不想让我们看见她哭的。”南央笑着说道。

因为高中与姐姐同校，所以南央被常被老师们拿来和姐姐比较。“姐姐考进学校的时候是年级第三，而我考进学校的时候是倒数第三。”南央一边尴尬地笑着，一边说道。回想高中时期，南央说：“其实我也蛮幸运的，我遇到的老师都很好。那时候我偏科很严重，语文和历史最好，数学之类的很差，但老师们也没有放弃我。”虽然老师们都爱比较她们两姐妹，但语文和历史老师却从不这么做。南央坦言自己一开始最喜欢的科目是语文，常常去找语文老师问问题、谈心。“有一次在校园的路上遇到历史、地理、物理三位老师，地理、物理老师见到我又开始比较我和姐姐，然后两个人就开始讲起姐姐的好话，哎呀你姐姐怎么怎么好。”我被南央模仿老师说话时恨铁不成钢的语气逗笑了，她也跟着哈哈大笑起来，仿佛故事里的主人公根本不是她。“那时候历史老师就走过来告诉我，‘不要理他们，你也很优秀’，然后拉着我的手一起走了。那时候就感觉韩老师真的人超好的！后来我找历史老师的次数就越来越多。”

其实南央的历史启蒙老师出现在她的初中时期，那是一位60多岁快退休的老教师，“她看起来很慈祥，上课也不按着课本，总是会在课堂上给我们讲各种各样的历史故事。”从那时起南央就对历史产生了兴趣，历史成绩也一直很好。

但另一位人物的出现才让高二的南央决心在历史学习的路上继续走下去。韩老师因为怀孕请产假离开课堂，于是，张老师来接替了她的班。张老师是研究生毕业不久，没褪去的学生气让她很快和学生们打成一片。南央喜欢历史，遇到不会的题目向张老师请教的时候，张老师不会直接告诉她答案，而是给她扩展了很多。“那时候我才知道原来还可以有这么多可能的原因，我就自己查自己看，越看我越感觉历史真的好有趣！你难道不觉得历史很有趣吗？”南央挑了一下眉，带着兴奋的神情反问我。

和而不同，相互尊重

南央每次说到自己来自西藏，就会引来大家的好奇和关注。她经常被一些不了解西藏的人问些无厘头的问题，但她并不在意。第一次社团自我介绍的时候她就被问到，“你们是不是都得住在帐篷里？”“不是啊，大部分都是有楼房的，但是牧区的牧民也有继续住帐篷里的。”南央说。

临近学期末，龙狮社团举行成员的学期末聚餐。众人行至一家酸菜鱼餐厅前驻足，“不是要吃鱼吧，我不喜欢”，站在她一旁的一位队员已抱怨地喊道。见无人回应，队员就问南央：“你会喜欢吃鱼的吗？”南央立即摇头，说：“不，我不吃鱼啊虫子那些的。”

队员疑惑地问：“虫子是指什么？”

“就是虾啊螃蟹，那些比牛羊小的生物。我也不知道怎么就刚好来了广东这个海鲜大省。”

“为什么你们不能吃啊？”

“因为我们认为，一只羊就可以让一个人吃一个月，而像鱼啊虾啊这些，要好多只才够一顿饱。这样作为我们的食物而死去的生灵就太多了。”

“哦，原来是这样，那这样其实还挺环保的。”

西藏的雨季约在每年的 5 月 –9 月，且多夜间下雨，空气湿润清新，所以成为适宜旅游的旺季。七月将至，学校里是即将开始的考试周，而高原上是迎接到访旅客的准备期。

“明明导游上山之前告诫游客不可以在山上大声喧哗，但有的人就是很激动，爬上了山就开始大吼大叫。”南央无奈地说道，按照传统，去寺庙朝拜，尤其是进入寺庙要摘掉脖子以上的所有饰品，以示对佛或是对诸位僧人的尊敬。“而我之前遇到一位女游客，进了寺庙却还戴着墨镜和帽子，就有种被冒犯了的感觉。”

国家旅游局早在2015年4月，公布并正式施行《游客不文明行为记录管理暂行办法》，规定了六类不文明行为将导致游客被“拉黑”，其中包括“违反旅游目的地社会风俗、民族生活习惯”的行为。

喧嚣城市里的自然向往者

南央并不是一直住在拉萨，“我是12岁要上初中的时候，家人才一起搬到拉萨来的。12岁前我一直都在那曲。”当时我追问了她拉萨和那曲有多远，她想都没想就立刻回答了我——“300公里”。

“因为我爸爸是司机啊，经常往返拉萨和那曲，他老是跟我强调300公里、300公里的，我也就自然而然地记住了。“

南央深深地记得小学六年级的一个周六，当时30多岁的爸爸心血来潮地决定开车带着南央去拉萨转转。他们下午出发，到达拉萨后在布达拉宫里逛了逛，到了晚上玩得差不多了，两父女就开始返程。“我们回来的时候都已经晚上12点了，路上都没人，黑漆漆的。不过那时候天上好漂亮啊！就夏天嘛，星星很多，我们坐车经过河边，水里就会有星星的倒影，闪闪发光。河的周围是大片的草原，很空旷，路上只有我们一辆车，那种感觉真的超棒的！”南央动情地说着，眼睛里闪着光，似乎看到了当时反射星光的河水。“当时我还想用手机拍呢，但根本拍不下来。”两父女那天回到家时已经是凌晨三四点了。“第二天爸爸还被妈妈骂了，问他为什么不第二天再回来。”南央说道。

南央说现在虽然住在拉萨了，但是每年暑假都会回一次那曲，“一般会待一周左右，但如果爸妈有事的话就只能待两三天就走。”南央的语气略显遗憾。

那曲，地处西藏北部，位于唐古拉山脉、念青唐古拉山脉和冈底斯山脉之间，平均海拔 4500 米以上。一年中五月至九月份相对温暖，多数县以畜牧业为主，个别县为半农半牧县。那曲地区文化特色活动有赛马节和锅庄舞，其中赛马节是藏北草原规模盛大的传统节日，而那曲锅庄舞在西藏地区最为出名。

南央用“超级”一词来表达对那曲的喜爱，“每次回去我都会住在妈妈的亲戚家，外婆舅舅他们都对我很好，而且那里真的什么都好玩。比如我会跟表弟一起去采蘑菇、采花啦，然后看草场上的羊群、牛群啦。而且我还可以骑马，外婆家有两匹红棕色的马，它们是母子俩，母马叫‘伯尔玛’，有‘红色的风’的含义，而小马叫‘蒂尔’，意思是‘比狼还凶猛’”。听完后，我觉得那曲土地带给南央的魅力不仅仅体现在她跟我交谈的语调里，似乎也体现讲述时她脸上的两团红晕里。

“在那曲过周末是我最高兴的事，因为周末村民们会举行篝火舞会。”

晚会的准备从周六中午就开始，各家各户的牧民们自发将柴火、食物拿到村子中心的篝火坑附近。牧民们平日里住得分散，只有周末才在聚在一起共进晚餐，聊聊家常。入夜后燃起篝火，大家就围圈跳舞，这是牧民们每周的集体娱乐方式。“这也可以算是牧区的特点了，大家唱歌跳舞也不会怕吵到别人，因为四周都是草原。拉萨现在已经没有这样的空间可以唱歌跳舞了。”

舞会开始，男女各站一边再拉手成圈，一名主唱站在圈子中间，通常由男性启唱，嘹亮的歌声划破黑夜，穿越茫茫草原。随着歌声开始，周围人也“甩手颤踏步”地沿圈走动。当唱词暂告一段落，众人齐声一下“呀”的呼喊，则标志着舞蹈速度的加快，此时动作有所变换，撒开双手，以手的力量带动腰部同时跳步转身。篝火闪烁，牧民们穿者颜色各异的衣服，挥舞着双袖时呈现出斑斓的色彩，伴着歌声，村民们都开怀地笑着跳着，每周末那曲草原的夜晚都会出现这样的场景。“跳舞的时候氛围很好，能让你暂时忘记一切尽情投入跳舞，跳完回家感觉全身虚脱，但当时完全没有感觉。”南央说。

看过锅庄舞影片的我颇为期待体验锅庄舞，但面对我的询问，南央说，“一般四五十到上百人的锅庄舞才勉强算锅庄舞，人太少了会没意思，我们在广州的藏生加起来可能都没有 50 人，根本跳不了。”

烧烤吧里，教导鼓乐的师姐表扬了南央的学习能力。她向大家说有一次练习，配乐的片段需要众人齐声喊“哈”。南央是全场喊得最大声的，另外的两个师兄都快不及她。“很好南央！没错就该这样”说着对南央竖了大拇指，南央跟师姐相视一笑，又露出了她可爱的虎牙。

问及南央对未来的打算，她说从这个暑假开始就要写论文了，因为打算考研，希望之后能成为一名历史老师。我问她有没有想过在哪里教书，她说是当然是回西藏啊。

烧烤聚会接近尾声，南央的手机响了，是她爸爸打来的。得知女儿还在校外聚会，爸爸说：“早点回。”

（文中人名均为化名）

（文／李玉萍）

Chapter Ⅳ

根

这一路，走走停停

近期，受邀参加纪念比干诞辰 3111 周年的林扫烟感到很荣幸。他在家庭群发了几张请柬的照片，告诉自己的孩子这是一件多么令人感到荣耀的祭祖活动。

年过半百，收到这样的规模宏大的祭祖邀请，林扫烟有一股荣誉感，亦认为这是对他在书画界有所成就的一种肯定。随着年纪的增长，他对祖先的追踪与情怀也有了更深的体会。落叶兮归根，故里兮牵魂。他订好机票，准备好下个月前往郑州参加这样一个盛宴。

1966 年出生的孩子

林扫烟觉得自己已经比哥哥姐姐们的生活要幸福一些了。他每天把木桌子和小木头凳子叠着顶在头顶就出发去上学，中午顶着大太阳走一次来回，等到晚上放学回家，双手举着桌子椅子一走出校门，就看见自己的小狗站在路口冲着他摇尾巴。

1977年，国家恢复了高考。这时候，林扫烟还在庵埠中学读初中。这一年，高考面向社会上适龄的青少年。

“读书改变命运”的口号风靡，淳朴好学的社会风气下，林扫烟在学习上很刻苦，他知道读书真的能够改变命运，对于自己这样的农村孩子而言，读书是改变命运最重要的一条出路。

80年代的师范生不简单

80年代初，国家认识到教育要从小学抓起，要培养一大批一专多能的小学老师，去丰富中国特别是农村的小学师资这个空缺。这个时期的师范生享受国家非常优待的政策，不仅免学费，还有生活费补助和奖学金，毕业之后包分配。一个家庭里面能在这个时候出一个师范生，就标志着这个孩子初中一毕业便不再有负担了。林扫烟在这个时候没有选择上高中，而借着这个优待政策选择了师范。

虽是优待，但师范生是不好考的。在1980年的中考，全市前150名先报往韩山师范学院后才送到潮州金山实验中学。1981年和1982年的录取分数线也都比潮州金中要高。1982年，韩山师范学院成立了图音班，以适应小学生艺术类教育缺乏的情况。这一年，师范录取也从面向潮州市转为更广地面向半个潮汕地区，这意味着考入师范更难了。

除了参加文化课普通中考，图音班的考试需要参加专业的各项考试。在初中时期，林扫烟已经开始跟着一个青年美术作者在学素描，相比起很多参加专业考试的同学而言，他算是比较早接受相对正规美术的培训的。最终的考试结果是可喜的，他成为素描考试前三名中的一个。而为了准备声乐的考试，他常常利用下午第三节的时间去办公室里找音乐老师进行指导。

“在音乐考试时，我看到多数人一首没唱完就被喊停了，而我却唱了两首，第二首唱的《卖汤圆》还录了音。因此，我心中便有底了。通过自己的努力，我顺利进入图音班，开始了专业的学习生活。”

1982 年到 1985 年，是在师范中成长的。来到专业的学校里，有了更好的设备和师资，同学们暗地里也互相较劲。“那时候我们每天晚上九点半就准点熄灯了，还有老师拿着手电筒巡查，听见谁还在说话他就敲门，还要处分你，所以九点半之后就一片漆黑了。老师大概十点钟巡完走了之后，我们几个比较勤快的同学偷偷摸摸起来，一起溜出来，跑到踩好点的地方去画画。“

在韩山师范学院，李老师对林扫烟的影响很大。“他除了画画得好、书教得好，人品也特别好，有一定的人格魅力，是特别好的一个人。我们都很尊重这个老师，很认真上课，他说什么我就做什么。”

从农村考上韩山师范学院，遇上恩师，有更好的学习设备和环境氛围，这对林扫烟来说是非常重要的。三年不长不短，他在这里接受了专业的教育，从一个 16 岁的稚嫩男孩开始慢慢成长起来了。

1984 年，首届广东省师范生书画比赛的开展引起了学校的高度重视。在为数不多入选的同学中，林扫烟拔得头筹，获得了素描一等奖和书法三等奖。这让一个 18 岁的少年高兴得几个晚上睡不着觉。这份素描作品作为毕业留校的作品，在以后每年的校庆中也时常挂出展览。

1985 年，林扫烟从韩山师范学院毕业后被分配到自己的母校庵埠中学。

真正学习的那几年

19 岁的林扫烟其实还是个孩子，但已经是一群初中生的班主任了，他教美术和音乐。毕业之后，他的身份从学生一下子转变为老师，但依旧保持着学生的心态。那时他还没有结婚，家里的负担也不需要他来操心，他每天带着一种荣誉感和一颗好学的心去上班。正如他所说的，毕业开始教书的那几年，其实真真正正是他学习的最好时光。

工作一年后的那个暑假，汕头工艺美术学校在招暑假班，林扫烟心动了，于是，便报名参加了培训。因为能力出众，林扫烟被选为这个暑假培训班的班长。此外，老师对他十分看重，每天都给他一个人布置难度最大的作业。这一个月里，老师 8 点上课，林扫烟每天早上 6 点起床，从潮州骑自行车到汕头去，下午五点多下了课又骑着车回来，每天将近十小时心无旁骛的学习对他的提升非常大。

中午下课之后，他吃过午饭便躺在马路边的石凳子上休息。躺在石凳上，他望着天、望着树、望着人来人往，一个人思考起来。当时的汕头有一批非常出名的画家，“陈望老师啊，肖映川老师啊，他们都是很出名的画家，当时对我来说他们就是明星，是我追星的对象。我就思考，我要怎么向他们更好地学习。”

彼时，林扫烟对版画很有兴趣，而70岁高龄的陈望老师正是中国著名的版画家。枕着手臂的林扫烟灵光一现，我是不是可以去拜访陈望老师呢？

这样的想法一浮现，林扫烟来了兴致。他四处搜集资料，翻阅了各种各样的报纸书籍，终于找到陈望老师当时住在画院的四楼。他又注意到陈望老师出现在照片里面老是抽烟，心想陈望老师肯定就是喜欢抽烟。那时候林扫烟还没有学会抽烟，这么着，他就想买包烟壮壮胆，想这么去见见这个大人物了。

“他愿意理我，那是最好的，我的目的就达到了。他要是不搭理我，那也没关系，他也不知道我是谁，我也不害羞，反正也不会有第三个人知道。”

虽说是初生牛犊不怕虎，真到了这一天，林扫烟还是十分忐忑的。那天下了很大的雨，他披着一件新的雨衣早早地骑车出了门就到了画院楼下。画院有个铁车棚，林扫烟把自行车停在车棚下，又怕新雨衣丢了，就把雨衣叠好了扔到了铁雨棚上面。他买了一包“双喜”烟，心怦怦怦的快速跳动着，就走到了4楼。

敲还是不敲，这是一个问题。林扫烟忐忑了许久，还是敲了。开门的是个六十岁左右很慈祥的奶奶，她一听林扫烟是从潮州一大早赶过来的，很不好意思地告诉他，陈望老师出门运动去了，并吩咐他下午五六点再过来一趟。那时是早上七八点，林扫烟就一个人在这画院周围走来走去，一直溜达到下午五点。五点到了，他准时爬上四楼。我敲门，又是那个奶奶开了门。“哦！是你啊！不好意思啊，我忘了告诉陈望老师了，陈望老师去海边散步了。”

后来林扫烟得知，那个开门的奶奶是陈望老师家的保姆。她为自己忘记告诉陈望老师感觉有些歉意，就答应林扫烟，一定帮他提前跟陈望老师约好，交代他明天早上记得过来。这一次，林扫烟见到了陈望老师。

他忐忑得掏出那一包烟送给陈望老师，一抬头，看见陈望老师的书柜上放了好多盒“三五”烟，林扫烟更忐忑了，他知道“三五”烟在当时是最好的烟。陈望老师一根接着一根地抽着烟，他注意到林扫烟没有抽烟，就告诉林扫烟，“你自己不抽烟，那你下次来找我，不要买烟啦。我家里有很多烟的。”林扫烟又拿出几张版画的草稿向陈望老师请教，陈望老师一一做点评，林扫烟认认真真地做笔记。这之后，林扫烟经常到陈望老师家请教，也从此开始了他的版画创作。

1987 年，林扫烟已经当了两三年老师了，这时他之前一起读师范的同学有一些开始考大学进修了，他也很想继续去考大学。他坐了十几个小时的大巴到广州美院找自己的师范同学，告诉他自己想考广州美院。林扫烟即刻收到了同学的鼓励，告诉他一定没问题，让他早做准备。

这之后，林扫烟回到庵埠中学来。当时想跟学校申请有两种方式，一种是直接辞职去考大学，另一种选择则是带薪再读师范系，但毕业之后必须回到学校来继续教书。家庭的各方面条件不允许他那么潇洒地一走了之去求学，所以他选择第二条路。他三番五次地找校长商量，校长也三番五次地拒绝。

“我一次一次地找校长，找到最后校长都烦了。有一次他在开校长会，我直接站在门口就喊他出来。我喊‘校长你出来，校长你就让我考嘛。’校长很生气，就是不让考。当时校长的儿子也在学校当老师，也想考大学，校长有次就很生气说：‘不行！如果能这样做，那我的孩子就去了。坚决不行！你一定要去，那你就辞职吧。’”

这事就这样不了了之。

那些年，我脑子里没有美术的概念

就这么又教了几年书。

改革开放之后，潮州庵埠镇从原来一个小农村，逐渐地开始做食品工业和印刷工业。自然而然地，林扫烟就走上了做食品包装设计的道路。放弃了考大学之后，他每天在学校除了教书，就开始设计食品包装的稿件，就这样也赚了一些钱。也是在差不多的年纪，他成了家，有了第一个孩子，他从一个每月向父母交半额工资的孩子变成要养父母、养妻儿的有家之人，经济压力一下子增大了许多，危机感扑面而来。与此同时，他在包装设计方面也成了本地为数不多的工作者和佼佼者。借着这个机遇，他决定辞职，开始了自己的创业道路。

画稿是吃青春饭，辛苦，磨人，磨出了腰伤，磨得林扫烟只剩下一百来斤了。“别说什么版画国画了，那时候我是连饭都没时间吃。那是真的拼啊，没办法啊，哪还有空画画。我脑子里没有美术的概念，大概有十几年的时间，我完完全全把美术放下了。”

直到2002年，自己的小公司慢慢稳定下来之后，林扫烟稍微闲下来，想着自己对美术的热爱，便开始画点小画了，重拾起美术作为自己的业余爱好。隔年，他花了一个月的时间画了一张大画，画完后就带着这幅画要去装裱。在那里，他碰巧遇见年轻时所仰慕的肖映川老师，便赶紧拿着画向肖老师请教一二。

“这居然有人画画这么厉害！你这水平，必须得加入省美协和中美协了！你以后就跟着我，你好好画！”肖映川老师毫无保留的赏识对林扫烟的鼓励是巨大的。

从那一刻起，有些经济基础的他开始专注认真地对待美术。2004年，林扫烟顺利加入省美协，2006年加入中美协。也是在2006年，林扫烟拜师于著名国画家李宝林老师，逐渐地走上了艺术的殿堂。

美术成了他生命中极为浓墨重彩的一部分，也构成了他这个人。他办很多场专业画展，一年一年看自己的画都能看出当时看不出的不足之处。艺术的积累逐渐塑造着他，他和以前那个扛着桌椅去读《毛主席语录》的小男孩、和那个半夜瞄着老师下班便溜出来画画的少年、和那个为了考大学纠缠着校长不放的青年教师，都不一样了。他也没有怎么变过，骨子里的坚持和谦卑，从未改变。

平静下来，以退为进

去年，林扫烟办了大大小小五次画展，也参加了各种各样的活动，也在年前受邀到人民大会堂参加了“奋进新时代——2019‘大美之春’春节联欢会”，他觉得今年得平静一些。以他所说的：“临渊羡鱼不如退而结网”，他认为这更多是一种沉潜、一种思考，很珍惜这种冷静下来重新学习与研究的机会。

回顾起自己五十几年的人生，林扫烟还是很感恩。这条艺术之路他没有走得一帆风顺，但谁又能一帆风顺呢？这条路还很长，而人到中年了，该怎么走下去，他也有了更成熟的想法。提起过去拜见陈望老师、几次找校长这些事，他眼里闪现出异样的光彩。一直很拼的日子告一段落，他开始告诉自己要平静下来总结与思考，以退为进，把这条路走得更好一些。

（文中人名均为化名）

（文 / 林可依）

玉树的那场地震

“地震的前一天傍晚，天气特别差，还刮沙尘暴。”哲轩对我诉说了玉树地震到来前的事情。哲轩觉得大地震到来之前的一切都和往常差不多，除了天气——似乎也就只有那天傍晚的天气能让他在事后联想到地震即将到来。

“只是天气不好吗？”我有点不甘心，又问：“没有什么别的征兆？什么让你觉得异样的情景？”

“大家都去上学，都放学回家，是个特别平常的日子，就是天气不好。”哲轩回答我，还是像说刚才那句话时一样平常，在地震发生以前那就是很平常的一天，和往常的每一天都没有区别，谁能预料到会有地震到来呢？

玉树地震发生于 2010 年 4 月 14 日，震中位于中国青海省玉树藏族自治州玉树县境内，最高震级高达 7.1 级。这是自小生活在青海的我，距离灾难最近的一次，哲轩江措是我的高中同学，他在亲历了这场地震后来到我所生活的青海省省会西宁市。

哲轩喜欢听嘻哈音乐，扎脏辫，自己写歌。哲轩几乎能够代表我所认知的藏族，他们接受新鲜的事物，有时接受的速度甚至要比我们更快，有人说杂乱的当代文化将世界上最后一片圣土——青藏高原玷污上了世俗的色彩，可在这片土地上生活的人民，无论是汉族还是少数民族都要生活，追寻更适合自己的生活方式无可厚非。

我所认识的藏族女孩子大多很美，她们的皮肤黝黑，却总是有着精心打理的妆容，她们染发、跳街舞、唱欧美流行歌曲，她们的活力让她们显得迷人。

哲轩能讲一口流利的藏语，普通话是来到西宁以后才系统学习的，他和我们同龄，却比我们多掌握了一门语言。

“凌晨六点的时候震了第一次，大家都没跑，我也没跑。天花板上的吊灯晃得很厉害，可是大家都不怕，不以为然地继续睡觉。”哲轩继续为我讲述着：“我妈妈冲进来抱着我念平安经，地震一直持续了一分钟左右，结束以后我觉得没什么，就接着睡过去了。”

哲轩将第一次地震与第二次地震（也就是震感最强的两次地震）之间发生的事描述得很详细。早晨醒来后他照常收拾书包准备去上学，还和妈妈在厨房里闲聊，开玩笑说这辈子也算是经历过地震了。在厨房热牛奶的时候，第二波地震就来了，他本来直直地站着，下一秒就被剧烈的晃动放倒在地，家里的酒柜上放着的茶杯全都噼里啪啦地打翻在地。

“就记得地震的时候要往墙角跑了，把餐桌拉到桌角躲进去，等着第二次地震过去才跑出来。”

防盗门已经变形了，哲轩和妈妈一同把门撞开，沿着楼道挨家挨户往门里看，家家都是一片狼藉，地震刚一停，大家就都往室外跑，小区后面仅仅一墙之隔的地方有一所小学，去到操场上发现好多人都是衣服没穿，裹着被子就从家里跑出来了。

玉树州的建筑绝大多数都是土木结构，强震之下，重灾区的民屋有 99% 都完全倒塌，学校和楼房也有 70% 被强震破坏。地震后的第一个晚上，住楼房的人被统一安置在操场上，住平房的人就在自家的房子边上扎个帐篷。

“我奶奶家后面有个旱厕，我们第一天晚上就把帐篷扎在旱厕边上，很简陋，一刮风就闻到一股嗅味。”

哲轩回忆，玉树地震后的第一批救灾物资是第二天清早由寺院的僧人发放的，当地寺院结古寺将粮仓打开，里面“吃的、垫的”都有，政府随后也派人前来安置。

“当时的交通特别不发达，从西宁到玉树坐车就要一整天时间，一路上都是坑坑洼洼的土路，不过医疗设施到位的很快。”

当时的玉树刚刚修了个小机场，规模很小，只能够供两三架飞机同时起落，外界的物资依靠空运到达玉树，但也正是因为机场的规模小，物资到达的速度比较慢，玉树地处偏远，当地的资源相对比较匮乏，但重要物资都在灾区民众最需要的时候到达了灾区，算是这场大不幸中的幸运吧。

地震过后，哲轩就来到了西宁继续上学。

“对于玉树地区的考生，中高考会有什么优惠政策和补偿措施吗？”

偶然间听到同学说自己既是少数民族又是玉树灾民，高考成绩可以加分这件事我当时没来得及确认真假，于是在这次采访中，我向哲轩询问以确认玉树地震过后的考生政策。

“地震的那一年确实是有的，会有人加分，但过了那一年就没有了，我就没有。”哲轩解答了我的疑问，当年的应届考生加分或延缓考试，这在汶川地震后也同样出现过，这样的措施与政策对于受灾当年的考生而言是必要且公平的。

哲轩告诉我，玉树在几年前开了第一家德克士。德克士是一家类似肯德基、麦当劳的主营汉堡炸鸡的快餐品牌，其门店基本集中在西北地区，而在当时的玉树是没有肯德基，更没有麦当劳的（连青海的省会城市西宁也没有达到麦当劳要求的人口数量），一家这样的快餐厅对于玉树人来说，新奇、有趣。

“开德克士的人和我认识，刚开业的时候特别忙，我就去店里帮忙，好多人还都不知道要怎么点餐，一进店里就找位置坐下了，等得不耐烦就开始喊服务员，真的是件很有趣的事情。”哲轩说，这让我想起了第一家必胜客在西宁开业时的场景，店门前大排长龙，中午排的号要到晚上才能进店用餐。连锁品牌尤其是西餐类的连锁品牌，是一座城市发展的最明显的标志。1990 年，苏联的第一家麦当劳餐厅开业，预计到店人数是 1000 人，实际到店的人数却超过了三万，对于苏联人来说，麦当劳不是简单的汉堡薯条，而是一扇了解全新文化的窗口。相同的情感，放在青海的必胜客、德克士身上也大抵适用，青海地处闭塞且经济发展落后的我国西北部，被陕西、宁夏、新疆和西藏紧紧裹在中间，却从未停下过发展的脚步。

每一次回到青海，这个地方都变得不一样，在改变的不仅仅是省会西宁，还有周边县市。“我从国家八级贫困县来”的调侃在这片土地上也是越来越不适用了。

哲轩说，震后的每一年夏天自己都会回到玉树，这样的回乡与重建工作是否完成无关，在震后的头几年，无论玉树还有多少地方亟待修缮，哲轩都要回去。

“以前玉树只有两条公交车线路，是那种破破烂烂的十六座小公交车，沿途是没有车站的，乘客招手即停。到了现在，玉树已经有十几条公交线路了，而且每一条线都有了固定的车站。”

从西宁到玉树的公路也已经建成通车，电影院、西餐厅、公园等等城市发展所带来的场所，玉树一个也不缺。

“以后还想回到玉树去吗？”我最后问哲轩。

“想，当然想回去。”

“想回去做什么工作呢？”

“这个不重要。”

哲轩爱着自己的故土，无论故土是怎样一幅景象，他都想回到那里。每次说起故乡，叛逆的哲轩会是完全归于自然，不带一丝杂念的。

故乡让每一个人完整，这句话通用于世上所有的民族，所有的人类。

（文中人名均为化名）

（文／方绍宸）

猎德牌坊下的前世今生

猎德桥头，临江大道，骑车散步的市民，跳舞锻炼的老人，奔跑嬉戏的孩童，让这块广州最繁华CBD的土地上多了点人情味。

在游人如织的临江大道一旁，行道树背后，若隐若现中可看见一座高大的牌坊，上书“猎德”。东南西北的四座牌坊连接着内部的两条主干道，将整齐气派的37栋猎德复建房分割成四个部分。

这儿叫猎德村，是一个已经有九百多年历史的古老村落。

在西侧的牌坊下，有五间岭南古建筑式风格的平房。房内，梁大爷抬下大门后的门闩放在墙边，又挪开一块高半米左右的木质门槛，将门扇向里拉开，开始不紧不慢地忙碌起来。时不时跟路过的街坊聊些家长里短，日子就这么轻松舒坦地过着。

百年宗祠，百年沉浮

梁大爷今年已经 67 了，是梁氏宗祠的族长。他是退休之后才开始在祠堂工作的，平时主要就负责些祠堂的卫生和开闭馆。

在这之前，梁大爷一直在工地上工作，长期在外奔波，家里人一直都希望他能够回村里安定下来。

7 年前的一天，正在琶洲村工地进行拆迁工作的他，接到村委书记的电话，希望他能回村里来守祠堂。可是在工地干了这么多年，不仅工资高，每天也有事情做。相比而言，守祠堂的活儿收入少，也要清闲很多。梁大爷一开始是不太乐意的，没有直接答应下来，后来在家人的极力劝说下才接下来。

据考，猎德村原有 32 间祠堂、庙宇，历经沧桑后还剩 15 间，散布在村里的各个角落。十年前，这里还是一片环境恶劣、房屋密集的城中村。整体拆迁后，易地重建的祠堂群最终只留下了李（东村、西村）、梁、林、麦 4 大姓祠堂共 5 座。

在梁大爷的记忆里，过去的祠堂与村民的生活并没有太大关联，自己以前也很少去。“以前的祠堂很脏的！”没有专人负责，整体设施也非常陈旧，一进门的感觉就是又暗又矮，也几乎不举办什么活动，即使是过年都很少会有人来祠堂这边。

改建之后，梁氏的族人集资重新装修了祠堂，内部陈设是全新的，仅有挂在正厅中间横梁一侧的状元牌匾是保留至今的“老古董”了。

现在祠堂除了平日里会有村民来围坐闲聊之外，更多的时候是作为族人办喜庆事、逢年过节聚会的场地。因为重建之后祠堂内部和外面的空地都多了不少，所以村里的集体活动也越来越多了。梁大爷作为祠堂的负责人，经常在周末和节假日的时候忙得不可开交。

今年过年，梁氏麦氏一起办宗亲宴开了七百多桌，摆满了祠堂前的整条马路。当天也有很多年轻人作为工作人员，梁大爷就要负责安排指挥他们的工作，观察现场情况，席位怎么摆怎么分布，出了问题都得及时叫人去处理，晚上忙到快十二点钟都还走不了。

虽然每次办大型活动都非常辛苦，但梁大爷回想起现场人声鼎沸、舞龙舞狮的盛况时，依然掩饰不住语气中的骄傲和激动。

梁大爷感叹，现在宗祠的意义很大，让村里的人有了一个能聚起来的地方，这个集体才不会散。

破除“一线天”，是生机还是危机

梁大爷住的房子是 1983 年底砌的四层楼房，也是在旧屋的基础上拆了重盖的，自己家里住两层，其余的出租。后来又在河边买了一块地，砌了五层，隔成小单间全部租了出去。

梁大爷回忆，大概从 1985 年的时候起，来猎德村租房的外来人口就越来越多，建楼的密度随着攀升。自己当时住的那栋楼和旁边楼之间只相隔 50 公分，窗户都开不了。哪家做个饭，油烟窜得到处都是，味道大得不行。

过去猎德村外来租客最多的时候达到了一万六千人，而本村常住人口不超过五千。那会儿村里虽然环境差了点，但离市中心比较近，房租也便宜，因此很多进城务工的农民和刚毕业的年轻人都会选择住在这里。然而由于人口流动大，人员成分复杂，整体素质也偏低，所以那时候猎德村的治安非常不好。

不仅如此，房屋的隔音效果也很差，再加上村里住的人多，从早到晚人来车往，梁大爷经常被吵得睡不好觉。

即使生活上有这么多不便，一开始得知猎德村要拆迁重建的消息时，梁大爷以及村里上了年纪的人们心底里都是不情愿的。

“不知道会修成什么样，好在哪？我们家几代人都住在这里，结果你一下子就拆了。”自己的房子有自己的好，没事儿还可以上自家的楼顶种个树栽棵草，放到现在就做不到了。

以前村里的房屋在猎德涌的两岸相对而建，大家平时有空就都到河边坐坐，聊聊天喝喝小酒，十分热闹。拆迁之后要面对摇号分房，这些在一起相处了几十年上百年的老邻居就都得被分散开来，免不了会有念旧排斥的情绪。

搬离老猎德的那一天，梁大爷心情很低落。不仅要离开祖祖辈辈生活的祖屋，还要举家搬到员村——一个完全陌生的环境安置三年。全家五口人住在一个很小的三居室里，租金也贵，环境特别差。

“不舒服的，你去到人家那个地方个个都不认识，没有熟人，而且一住就是三年。”除了家里有七八十岁的老人或者孩子在附近读书的可以优先住在老猎德边上的房屋安置，其他的村民全部搬出去租房了。有的去了附近的冼村、石牌村、杨箕村，有的去了更远的从化甚至是山区。

拆迁改造那三年，梁大爷也会经常回猎德周围看看，跟老朋友们讨论着“谁家又被拆了”“工程进行得怎么样了”。

因为猎德村的复建是由建筑商承包的而不是开发商，村里面每天都安排了几十个村民在工地里监督以保证工程质量。砌墙的时候看到水泥不够就会要求现场的工人给重新补上，大家把每栋楼都当作自己的房子认真地监督着。

梁大爷有常年在工地上班的经验，没事的时候就会到现场看看，“质量很好的，比那些开发商弄的好多了”。现在他住在新房里，楼上的人随便怎么折腾怎么走，自己家里也不会听到声音。

巨变的不仅是村，还有人心

初来广州的人已经很难想到，猎德村这片位于风水宝地的“豪宅”，曾经是广州最贫穷的一个城中村。

现在新村不仅配有标准游泳池、足球场、羽毛球场等公共设施，同时建有一所中学和一所幼儿园，总建筑面积约 68.7 万平方米，与原有居民住宅的面积基本相符。

刚搬进新猎德的第一年，梁大爷还时不时能听到抱怨的声音：

“哪儿有地方晒被子啊！”

“大排档、小食店都没有了，叫人怎么办呐！”

“这个新的猎德菜市场卖得也太贵了！”

但是慢慢地，村民们也开始感受到了好的方面给自己身心上带来的变化。

村里的房屋不再像以前那么密集，空气能流通了，绿化也大大提高。生态环境的好转让很多老人都感觉到身上的毛病好转了很多，有人以前得的支气管炎在迁入新村之后也都痊愈了，生活在干净舒适的环境里心情自然顺畅起来。

村西南在拆迁之后建了个酒店，不仅能保证村民获得长期稳定的分红，同时也是集体经济发展的支撑项目。从此，村里逢年过节的大型聚餐、传统活动，包括祠堂的经营管理，都有了强有力的经济后盾。猎德村已经旧貌换新颜，村民们聚在一起的机会不但没有减少反而更多了，以前的风俗并没有被丢掉，反而越办越大。

经济条件和生态环境上去之后，村民对生活质量的要求也高了。梁大爷的太太每天都会去江边和珠江公园里跳舞和打太极，这几年不仅身体变好了，心情更加开朗，时不时地就跟一大帮朋友出去旅游。

“现在就会有这样的想法，以前没有。以前干活耕地累得要死，现在有钱干嘛不让自己多享受一下？”梁大爷去年和太太去了一趟澳洲，上个月太太又到泰国旅游了一趟。猎德村现在喜欢外出旅游的人很多，村里的旅行社有各种各样的一日游、多日游的跟团项目。

刚开始的几年，没了生活压力，以前村里在外打工的年轻人都不愿意再出去工作了，就想待在村里面享清福。猎德村两百多个保安的职位一下子炙手可热，又轻松又能赚钱，还就在自家门口的活儿谁不想干？

不过这两年出去上班打工的年轻人也明显多起来了，“在家里一年一年地坐着其实也无聊”，有本事的还是更愿意出去。

梁大爷只有一个正在读大二的外孙女，谈起对外孙女未来的期望，梁大爷觉得“希望她多出去见见世面，不要只局限在村里”。他也跟外孙女说，家里没有什么压力，做自己喜欢的事情就行。

前不久外孙女拿了驾照，梁大爷还问她要不要给她买部车，结果被外孙女用学生身份果断拒绝了。他也没说什么，始终乐呵呵地笑着。

（文 / 刘文静）

为家与国转动双腿

林铭已经很久没有出过远门了。这位年逾耄耋的老人尽管谈笑间依旧精神矍铄，但流逝的时间在慢慢改变着他的身体状态。前几年他还敢独自跑到长沙、桂林等地方游山玩水，挤着繁忙的B1路公交车到天河拜访亲戚，而现如今除了去菜市场买菜或者公园里散心，林铭大部分时间都在家里呆着。

“去年我还在儿子的陪同下，回了一趟老家揭阳。家里的很多风景还是跟小时候一样，熟悉得很。”他笑着，仿佛在描述一件再平常不过的事。然而，随着年龄的增长，那很可能是他最后一次回归自己的故乡。

从初中毕业开始，在他人生中最有干劲的20多年的时间里，林铭先后在四个不同的城市间流动。1956年，为了谋生，他从揭阳来到了广州。后来又在国家的调度下，前往河源、英德等地，直到1978年才回到广州。而这一回，已是定居四十年。

在初夏的这天晚上，老人安静地坐在自家的客厅里，缓缓放下手头的报纸，向我们诉说着自己平凡却不平静的一生。

出来“混”口饭吃

时光倒退回六十年多年前，那个时候，广东的经济资源主要集中以广州为核心的珠三角区域。而远离珠三角的粤东地区经济发展非常落后，很多家庭根本没有条件供养自己的孩子上学。在这种情况下，只要稍微受过点教育的人都会被当地人看作是非常罕见的大知识分子。谁要是能够读到初中毕业，则会被称为“秀才”。

幸运的是，林铭就在这个行列。但是，作为一名对知识有着强烈渴望的青年，他深知家里穷，供养他读到这个阶段已实属不易。而且到了这个年龄，周围的男孩子都开始背负起赚钱养家的任务。因此，初中毕业以后，他也不敢奢望能够得到继续深造的机会，只能选择出来寻找工作。

然而，在这个人多地少的小县城里，物资极其匮乏，绝大多数人一穷二白，勉强靠着自家的粮票过活。在这样的背景下，县城里的工作岗位数量是极其有限的，血气方刚的林铭空在寻找工作的道路上四处碰壁。郁闷的他想到不能挣钱补贴家用，心头又平添了几分愧疚。

1956 年，在家里无所事事的他决定要到当时遥远的省会去闯一闯，以期找到一份可以养活自己及家人的工作。于是这年夏天，他带着刚许下婚约的妻子，搭乘客车前往珠三角，到一个未知的城市。

那个时候中国没有解放牌汽车，只有从苏联进口的嘎斯车。这种车型名义上说是客车，其实条件远远不如比现在的大巴车，那仅仅是一辆外表象征性地包裹着一块油布的货车。载客功能则来源于货舱中间零零散散摆放着的几把小椅子。两口子只能蜷缩在狭窄的空间里，感受着汽车在崎岖的泥巴小路上行进的颠簸感，在一路上不断吹来的风沙中睁不开眼。

“第一天晚上在惠阳过夜，”他回忆道，“那个油布根本就没有挡风的作用。晚上到小旅舍的时候，我们俩发现全身上下都被路上扬起的泥土灰尘覆盖得满满当当，衣服似乎变了个颜色，而且真是累得不行。”

而第二天，他们俩还要早早起床，坐着江上的轮渡船，继续波折的旅程。揭阳到广州两地直线距离为三百多公里，放到今天仅需要四个小时车程，而在当时却整整花费了夫妻二人两天两夜的时间。直到接近凌晨的时候，他们才到达芳村，找了个地方安顿了下来。

还没来得及熟悉广州这座城市，林铭就通过报纸了解到广州水利局向社会发布的招聘公告。很快，他就成了水利局大家庭中的一员。

大雨天，是珠三角人民在那个基础设施不完善的年代的最大敌人。由于地形的原因，珠江江面往往只比江岸略低几米，最接近处甚至只有几十厘米。当大雨滂沱之时，陆地缺乏大堤保护，岸边很容易遭到江水暴涨的猛烈冲击。一旦珠江水位上涨，整个广州城区将暴露在洪水的侵袭中。

在这种情况下，水库成了调节城市水量的最好方式。林铭最初在水利局内部机械总站中进行水库的排灌工作，每天的任务就是通过观测水库周边的水位情况。当水位高于警戒线时，利用当时的排灌系统，将江水吸入水库体系中；反之，在江水水位过低时，即可将水库中的水排入江水体系，实现珠江正常的水位。

到后来，他开始在水利局的指示下，到达珠三角各县市进行实地调查，并协助当地水利局进行水库建设。

“当时我参与了广东省三四个大型水库的建设。”林铭轻描淡写地描述着，似乎这只是举手之劳。但在那个经验缺乏、技术条件极端落后的年代，非常不易。

从林铭保存多年的家庭开销账单中可以看出，当年几乎每一分钱都被两口子掰成了两半来过日子。“虽然生活还是很艰难，但起码我可以每个月都给家里的母亲寄钱了。”林铭说。

家住芳村的他在那个生活拮据而且没有什么娱乐方式的年代里，保持着每周日陪着妻子去海珠广场散步的习惯。他们先到黄沙乘坐小艇，再步行到爱群大厦或者南方大厦，慢慢散步，一路随便捎点东西回家，就成了两口子所有的娱乐方式。

后来，热爱文学的他又利用工作之余在中山大学函授学校学习了两年的汉语言专业。在此之后，写文章、写报告信手拈来，成了他的爱好与技能。

林铭觉得，这样的生活虽然稍显单调，但已经足以维持日常生活，倘若这种状态能够维持下去，安安稳稳度过一辈子，就足以让他觉得心安了。然而，一纸调动令却让他再一次迈开了双腿。

国家让我去水电厂，我就去了

位于广东省河源市的新丰江水电站，自从1960年建成以后，就一直是广东最大的水力发电站。

当年，在建设这一项目时，集中全省力量的大型工程，其工程运营状况自然深受广东省政府的重视。在这种情况下，保卫部门的规模自然要随之扩大。于是，1959年，林铭在水利局的调令下，又向东出发，来到一个陌生的山里。

他说："国家让我去电厂，我就去了。"

水电厂规模的日渐扩大，给安保部门提出了更高的要求。应厂内职位的需求，林铭被分配至保卫部门，成了那里的一员。

在保卫部门其他老同志的指导下，他跟着其他60多名新来的保卫人员，开始学习刑事侦查中的各个方面的内容。由于当时盗贼的反侦察意识非常弱，作案过程中基本不会使用手套、鞋套等工具来掩盖自己的痕迹。因此，在学习了指纹检测、痕迹提取等项目之后，只要能够提取到嫌疑人的手脚印，基本上即可实现破案。

"首先我会把粉末——例如金粉银粉——撒到可能存在的手印或脚印上面，汗液会吸纳粉末，形成一个完整的轮廓出来。"林铭向我们清晰地重现了当时的情景。"然后再用专门的粘纸把这个印记提取出来，判断其形状、大小，缩小嫌疑人的范围。再试图通过这条线索去寻找具有类似轮廓的嫌疑人，最终往往能够实现破案。"在这条逻辑下，当着保卫员的他在单位里干得风生水起，破案率极高，还受到过公安部门的表彰。

从工作到现在，林铭的工资一直未有变化，这让他感到生活有点力不从心。但他说，这个时候工人们都在为国家的富强而奋斗，普遍不会过多抱怨自己的生活状况。通过舍弃自己的一部分利益来实现全国人民的日子富裕，是当时厂内的大气候。

1969 年，在上级的要求下，林铭踏上了前往英德长湖水电站的道路，日复一日继续做着保卫科的工作。这一待就是十年。

终于能深深扎根于一个地方了

1978 年夏天，林铭人生中第三次接到了通知，要求他们整个工程局回迁广州，进驻黄埔电厂。

尽管大家还是像十年前一样听从上级的指示，收拾行李进入搬迁的过程，然而抱怨的声音开始出现在队伍中间，林铭就是其中的一员。

这群工人的年龄已经不小了，大部分拖家带口、极度渴望稳定的生活。如果因为工作原因来回搬迁，不利于他们全心全意地进行工作。再者，由于户口条件的限制，工人无法在工程地建造或者购买房子，只能住进由国家搭建的临时基地，因此很难在其中寻觅到归属感。

急欲扎根的他，突然接到通知，国家开始在为工人们修建员工楼，每名员工都可以分到一个房间。喜出望外的他赶紧跟着几个同事跑到黄埔，想要看看自己的房子长什么样。后来在一大片农田后面发现了一栋小小的楼房，他们才知道，在建这栋房子前，这里是一个小小的山丘，国家为了不破坏周边的农田，只能在这里削山造房。

尽管面积很小，林铭和他的同事们还是非常高兴，毕竟不惑之年终于拥有了在这个城市里留存的资本，他也不用再让自己的家人随着自己的工作迁移而奔波了。次年国庆，林铭把英德的家人接了过来，全家人一起定居在了广州。虽然身上有经过多年累积却并不丰厚的现金，但这至少让人看到了生活向好的希望。

随着改革开放的深入，广州市各方面得到了极大地发展。作为个体的他，工资在逐年上涨，生活也慢慢走向了小康，后来更是住进了更宽敞的新房子，退休后过着愈发休闲的生活。

四十年的时间，从不惑走到耄耋，林铭对这座城市已经有了更深的感情。这种稳定的生活使人感到安心，也让他在回忆起自己那流动的 20 年时间时，莫名感到有点不可思议。

“若时光重回一次，我还是会选择去另一个城市挣钱养家，为国家做一点点的贡献。”斩钉截铁地说完这句话后，林铭慢悠悠地戴上了老花眼镜，捧起刚刚从卧室里找出来的旧照片集，仔细地端详了起来。照片里那个 50 年前满怀热情启程到处奔波的年轻人，如今已是深深地扎根于这座城市之中。

（文中人名均为化名）

（文 / 吴仲抒）

70 年蜕变

她，容光焕发，神采奕奕，腰杆笔直，说话清晰利索，完全没有人到古稀的感觉，然而，她已是度过了人生的 74 个春秋。她记忆力挺好，当问起 70 年前的往事时，她仍然历历在目。但她平时甚少跟人提起自己早年的经历，即使是自己的四个儿女，也只能是笼统到“她曾是有钱人家的女儿”这个颇有感慨的调侃。而今天，面对作为记者的孙女，老人思索了一会儿，终于点头同意。

过去的经历，对她来说并不一帆风顺，从 1949 到 2019 年，七十年，她从一个锦衣玉食的幼童，变成一个生活拮据的少女，再变成一个独立自强的妇女，最后变成了一个饱经风霜却幸福的老妪，可谓五味俱全。

蜕变

1945年4月9日，刘碧出生于四川宣汉的一个富裕家庭，家里三兄妹中排行老二。家有良田，还有戏班，一家人生活衣食无忧，其乐融融。但一切都在1949年改变了。

“那是解放的时候，我爸当时是这里木偶戏和皮影戏戏班的老板，家里有钱，不愁吃穿，有雇长短工人。”她说：“新中国成立后我家被评为中农，木偶戏、皮影戏被归为‘四旧’，全都给撤掉了。”刘碧拿起茶杯又放下，语气平淡，脸上看不出任何风云。但，当回忆起儿时生活，那种简单纯真的幸福快乐感，瞬间从她眼神、脸颊、声音中呈现出来，和先前的岁月沉稳不露声色产生了直线反差，反让我颇有点猝不及防。

“木偶的衣服可漂亮了，哎！就像今天电视上那些唱戏的那样。丝绸衣服，上面绣着花。小姐和丫鬟（指木偶）的衣服上都在侧边扣着金扣子，底下镶着银花。但当时的木偶戏可不像今天那么受人重视哟。我记得那会儿到处都要批斗，一开始我们把木偶藏在屋旁的地窖里，但在那个时候，只要家里有雇工就会被划为‘剥削阶级’，要被打倒。

刘碧家也一样。家境衰落的几年里，她只能赤脚淌过暴雨中泥石飞泻的浑河，甚至经常住在学校里，自己搭起简陋的灶台做饭。

当时具体的情景老人已经记不清楚了，这样的日子一直持续到1963年。在简陋、艰苦而且每况愈下的环境里，刘碧已经从懵懂天真的少女蜕变成了一位坚韧自强的女孩。

还好，她比很多同龄人幸运许多，一直读书到初中毕业，有一定的文化，让她后来的人生逐步向好。

出逃

18岁，刘碧嫁人了。她反对家里安排的好几桩亲事，要自己挑选如意郎君。事情顺利得出奇，裹脚的母亲没有反对，更别说一直对子女的教育培养持开放支持态度的父亲了。于是她顺利地同大她9岁的隔壁镇上的青年吴胜喜结连理。

环境在悄悄地变化，新思想也在刘碧心里萌芽。

到了婆家一开始的生活并不容易。婆婆以前是地主的小妾，新中国成立后改嫁到了一户平凡人家，她传统又古板的行事风格没有随着时代的变更而革新，宗族家法、三从四德、男尊女卑一样不落。

新旧思想交汇、碰撞，刘碧因为有着年轻人对新事物自发的热忱，当时在吴家没少受过白眼。

两年后她有了第一个女儿。与此同时，丈夫被招做了铁路工人，一年半载才能回家一次。丈夫不在身边，孩子又不是男儿，她在婆家的地位愈发低微。

自己没有收入，为了不被婆家人进一步歧视，她决定出去找点散工做——挑煤、卖宣传小册子、给别人家里打零工做杂活儿等等，她都干过。

一天晚上，她外出挑煤回来，婆家的人都睡了，但黑暗中还是传来一阵又一阵细小的抽噎声。一片漆黑中她努力辨认着那个孤零零地坐在炕上的模糊影子，哭声就是从那里传出来的——那是她年仅4岁的女儿。把女儿抱在怀里，女儿说因为妈妈工作，经常天黑没人陪伴害怕，才哭得说不出话的。刘碧看在眼里，痛在心里，唯有暗流眼泪。

人生的起伏，心里的落差，如今不仅自己生活艰辛，连孩子也随自己承受痛苦。流泪心酸之后，她明白，只有想办法让自己强大起来，才能让家人幸福的生活下去。

婆家的歧视一直存在，尤其是第二个孩子仍然是一个女儿的时候，贬低和嘲讽愈发明显了。丈夫不在身边，孩子年纪尚小，苦痛和委屈无处倾诉，刘碧只能把心酸和痛苦的眼泪憋回肚里去。她下定决心要为自己谋一份工作，离开婆家。她不会让任何人看扁。

“以前的女人都留在家里做家务、管孩子，公公婆婆说什么就去做什么。但我是不一样的，我觉得我应该要给自己找份工作，哪怕是再苦再累，最起码，我有一份可以养活自己的工作。”说起自己谋到的工作，刘碧的眼睛里闪烁着骄傲的光芒，仿佛自己还是当年那个骄傲地宣布自己有了工作、准备离开婆家的“叛逆”女青年。

凭着这样一股狠劲儿，她勇敢地离开婆家，一个人带着两个女儿。生活不易，刘碧每天早上四点就要起床，简单地洗漱过后就要到广场上给人洗被子——这是她为了抵挡入不敷出的开支不得不谋求的另外一份零工。洗完以后，回家继续料理家务、照顾孩子。六点，她就要去上班忙活，因为是学校的炊事员，中午还可以有一些休息时间补充一下睡眠，然后再到晚上下班回家后，做饭、补衣服、补鞋子、哄俩女儿睡觉……忙活了一大转下来，已经是凌晨一两点钟了。

日子虽然艰苦，但是刘碧很快乐。每年过年回婆家时，她感觉自己“头都能抬得高一点”，因为一切都是她“自己劳动得来的”。这时她已经完全明白了女人自强的重要性，那时“一定要送儿女读书，让他们都找到工作”的念头已经在她脑海中逐渐生根发芽。

几年过去，她又添加了两个儿子，一对双胞胎。有了4个孩子以后，每天忙到令人应接不暇——忙得没有属于自己的空暇时间，甚至没有时间思念出门在外的丈夫。

1982年，年仅10岁的小儿子突然患了眼病，如果求助在外的丈夫，极有可能会耽误孩子的治疗时机。她果断地给家里的孩子们交代了几句，安排好他们的生活便立马背起小儿子，走了几十里山路找大夫。

丈夫碰巧回家了，得知事情原委。他当天立马前往几十里外的诊所。临走前有街坊问他：“孩子全都交给老婆养了，你一年半载也没法回来见一次，你就不怕她对孩子们不好？”他却不以为意：“孩子交给她，我放心。”

天伦之乐

经过夫妇两人的共同努力，刘碧的家境逐渐有了改善。

大女儿、二女儿和三儿子都已经找到工作，小儿子在大学深造。不久以后，大女儿和二女儿的儿子纷纷降生，三代之家马上又热闹了起来。同时，随着中国经济的发展，全家的经济条件也越来越好。

对此，刘碧很是欣慰和满足。

1995 年，小儿子顺利大学毕业，选择前往广州发展。常年的艰苦生活和坚韧的性格，已经让她并不容易流露感情。她并不像其他多愁善感的妈妈一样不舍和流泪，只是选择默默地目送着小儿子的背影消失在街头拐角，随后又回到屋里继续工作。

从 1988 到 1998 年，刘碧在新的工作岗位工作了十年后，退休了。

1999 年，从未离开过四川的刘碧来到小儿子工作所在的广州，照顾新出生的大孙女。这一待就是 12 年。大孙女小学毕业后，刘碧又选择回到四川照顾小孙女（大儿子的小孩）。她力求做到对所有孩子公平公正。她何曾想过自己呢？

2019 年，就在刘碧刚过自己的 74 岁生日不到一个月，小小孙女降生了。她每天带着小小孙女，心情愉快。皱纹渐多，牙已不整，但小小孙女胖嘟嘟的小手次次在向她挥舞时，她总是笑得十分开心。

尽心尽力奋斗了七十年的她，终于可以安享晚年的天伦之乐，在自己生活了大半辈子的四川，继续谱写新的生活篇章。

（文中人名均为化名）

（文 / 吴禹尧）

期盼春风早度幼师行业

幼儿园是很多孩子离开家人，接触社会所迈的第一个台阶。幼师犹如一盏明灯，指引着孩子一步步走向独立，走向成人的世界。而近年来，幼师缺口问题已经成为一个社会关注的焦点，更让人忧心的是日渐严重的幼师缺口。

教育部在2013年发出《幼儿园教职工匹配标准》，规定全日制幼儿园教职工与幼儿的比例需达到1∶5–1∶7，而目前我国幼教行业的师生比例仅为1∶12。要达到教育部的规定比例1∶7，则要在现有381.78万幼儿园教职工数的基础上增加270余万人，而要达到1∶5的比例，则需增加500余万人。

那些无用的痛点

“5∶30起床，6∶30出发，7∶00到达，换园服、鞋子，佩带工牌、发套，7:10 去消毒柜取幼儿水杯，回班在小柜子上按名字放好，拿大桶去厨房打水，把幼儿的毛巾备好。”这是李贺周一到周五每天早上的准备工作。

四年前，李贺从一所二本院校毕业，正式开始从事幼师行业。这份听起来让很多女孩子羡慕的工作，实际上并不轻松。

李贺所带的班级有 25 个孩子，和另外一名年龄相仿的女孩一起当班主任。她告诉我们，以前在学校，学的大多是理论知识，如教育学、心理学、学前教育学、教育心理学、学前心理学、学前卫生学，而且读学前教育专业的学生还必须懂声乐、钢琴、舞蹈、美术等基本的才艺技能。“累”是她在描述校园生活时提及次数最多的一个形容词。不过，她真正踏入幼儿园后，才发现这些都不足为道。

在李贺工作的幼儿园，除了日常安排孩子在特定的时间吃饭喝水、玩耍午睡、洗手如厕等，李贺经常需要挤出时间加班，做环境创设和体育器械。幼儿园有各种“区域”，主要是利用教室或者园内其他的公共空间，增设一些自由活动角，让孩子可以在这些设置的区域游戏、观察。幼师除了组织、引导，还需要在旁边做区域活动观察记录分析表，而这些都会列入幼师的考核与评比当中。

在园内的一个自然角，就有着一座充满童真的“魔法城堡”，是李贺和同事一起画图设计，用工具刀、画刷、KT 板、报纸、海绵纸等纯手工制作的，总共花了四天时间。“家长对班费管得很严，得小心翼翼，所以制作的材料多是我们老师平日收集的旧物或者废品。”城堡上的一个垂吊灯饰，就是她们用了 75 个回收的保利龙球，通过胶枪固定而成的。

除此以外，一些其他的工作，也在占用幼师的大量时间。班级计划、家长计划、个人年度计划、个人三年规划；沙水游戏观察记录、表演游戏观察记录、园内外听课记录……各种计划及配套记录、照片、反思总结，裹挟着她们，难以透气。

“我们幼师有一句很流行的话，‘挣着卖白菜的钱，操着卖白粉的心’！”即使已经从业四年，环境创设、区域活动、计划总结，仍然是李贺无法完全忍受的“痛点”。

还没到完全失望的地步

与家长相处，并非易事。

李贺尤其害怕收到班级微信群的消息。父母的询问，对她来讲就像是定时监控器，不及时回复就会被认为消极怠工。有时为了预防孩子的突发情况，即便是休息时间，李贺也只会把小桌子拼在一起，在“床”上浅浅假寐。

孩子们在园内磕碰，衣裤稍微弄脏，或者不吃午饭、孩子打架，都得在家长接送孩子的时候，专门去道歉或解释。可面面俱到，却是难以做到。例如，有一个家长向园长投诉，说李贺没有关注他们家的孩子，原因是她当着其他孩子的面给小孩换脏衣服，让孩子无法融入另外一个女孩的圈子。

就在前几天，班上的一个女孩突然高温惊厥，李贺害怕孩子咬舌头，就用自己的手指伸进女孩嘴中给她咬。李贺翻到了手机保存的当时手指被咬出血的照片，“家长没有一句谢谢，还骂了我一顿。”之后她在医院打了一针破伤风，花费四百多，“这抵了我一个星期的工资。”

“第一年，刚带班，我真的精神崩溃过，动不动就想哭。”起初，李贺无数次想过逃离这种工作环境，因为在这里，得时刻克制自己的毛躁、懒惰，扛住幼儿园领导的烦琐要求，理解孩子的无理取闹、调皮顽劣，感同身受孩子父母的紧张忧虑、误会指责。

最后促使李贺留下来的理由，却十分简单。“能够作为孩子们的老师，是一种幸运，没有多少人的职业能够真的获得孩子们最纯粹的喜欢和信任。”孩子的小手会不经意地拉起你的手；想念爸爸妈妈的时候不会再哭闹，而是走进你的怀抱；看到新奇的事物，会第一时间喊你想要和你分享。“有一次，孩子们还集体喊我李妈妈，可能是这些小鬼的玩笑话哈。”当李贺说起这些日常的琐碎，她的眼神宛若双星，很亮，很亮。

“还没到完全失望的地步吧。”

最开始，李贺每个月的工资只有800元，到现在加上五险一金，每个月勉强能到2000元。而在当地公办幼儿园有编制的幼师，每个月的工资（含五险一金）能有4000多元，是李贺她们非在编幼师工资的两倍多。与编外幼师合同制的差异在于，在各种条条框框下，在编幼师还需要写学术论文、写教学课题、评比职称。在编制的问题上，李贺说道，“幼儿园的事业编制有点像围城，外面的人花钱也想进去，里面的人宁愿交违约金也想出来。”

编制虽然是铁饭碗，但这碗饭并不是谁都觉得好端。

与很多幼师不同的是，李贺并没有把过多的思虑放在考编问题上。“在编的工资待遇确实好，我二本出身，有限制，还没考虑好吧，先活在当下。”李贺坦言。

我们长长的望远镜，是用来教孩子看宇宙星辰的

外界总有很多人，潜意识地给幼师贴上标签。

幼师们仿佛天生就有藏起疲惫和不快乐的天赋，但如果因此就认为幼师这份工作很轻松，没有压力，对她们是不公平的。

为什么很多人会觉得幼师就是保姆兼阿姨？在李贺看来，这是幼师门槛的问题。她曾经听过最难听的言语是，“幼师都是那些初中小太妹去了”。李贺告诉我们，本科院校就读学前教育专业的大学生极少会留在民办幼儿园工作，要么在国内继续读研或者出国留学深造，要么直接去待遇更好的贵族幼儿园或机关幼儿园等。

“普通幼儿园工资都低，优秀的人可能去普通幼儿园吗？”

幼师的流失率居高不下，幼儿的入园比例却在不断上升。幼儿园大多选择降低标准招聘幼儿教职员，不符合从业基本条件的人员滥竽充数，幼师的整体素质也在下降，这样就形成了一个死循环。

李贺提到近年来发生的幼儿园虐童事件。“携程的事还没平息，又出现了红黄蓝，新闻爆出来的时候，我还在给一个男孩擦屁股呢。”

那是李贺四年来最无奈的时间。李贺越跟同事解释，越挣扎，

就越会被泼更多的脏水。一些身边的人在朋友圈刷屏转发，对幼师行业极尽污秽之语，还有好友来劝她转行。

过去，幼师默默无闻，不管怎样辛苦，往往没有多少人关注她们，帮她们发声、报道。只有发生这种负能量的虐待或侵犯事件，媒体、网民才会开始关注。只是这种关注，是怒火，是骂声。

这群仍在岗位上无声付出的幼师，何尝不是媒体报道的受害者？由于同行的犯错，而把整个行业的幼师都抹黑成社会的“败类”。她希望，媒体能有公允性，不要只报道伤害，也可以多报道一些有关幼师正能量的消息。

“我们真的不会喂芥末，我们长长的望远镜，是用来教孩子看宇宙星辰的。”这是李贺 2017 年 11 月 28 日发在朋友圈的一句话，配图是她和她的小二班的大合照。

当幼师不再年轻

《2016 年全国教育事业发展统计公报》数据显示，全国共有幼儿园 23.98 万所，而民办幼儿园就有 15.42 万所，占 63% 以上，比上年增加 7827 所；民办幼儿园入园儿童 965.08 万人；在园儿童 2437.66 万人，比上年增加 135.22 万人。

在 2015 年 10 月，实施全面二孩政策后，民办幼儿园更是成为解决学龄前入学的关键保障。始终在幼教一线的民办非在编幼师团队，则是我国幼教事业发展的一根顶梁柱。

在另外一座城市，也有一所民办幼儿园，里面的师资队伍大多是老幼师。

从风华正茂，到银发渐增，常老师的教龄已有35年。她于1982年6月高中毕业，9月到学校教育红班。经历过从集体园到普惠性幼儿园的转变，也在集体教学活动到课程游戏化的教学浪潮中翻滚过。原本在2002年，她和同事应该与民办小学的老师一起转为公办教师，却因为政府部门的一些特殊原因，而错失了名额。

2002年，她已经是38岁，超过了可以参加进编考试的最高年龄。

当时，常老师和她的同事都选择了继续留在幼教岗位上。“那时没了就没了，没敢去争取，现在想想，是真的后悔。”

而在明年，常老师就要离开这个待了多年的幼儿园。

常老师所住的地方，只有不到50平方米。狭小的客厅里，有一个矮矮的玻璃橱，里面除了放着孙女的储钱罐，还摆放着常老师曾经获得的合格证和荣誉证，以及她所带过的孩子们的作业，福娃的剪纸、五彩的图画、做工粗糙的鱼灯。在岗35年，她把一生中最美好的芳华都付出给了孩子，给了这份工作。

常老师现在每个月的工资有两千多元，但她所在的幼儿园并没有给园内的老幼师提供五险一金。老无所养，病无所医，成了常老师心头的疙瘩。

2018年的两会期间，教育部部长陈宝生在中外记者问答会上，强调学前教育是新时期中国教育发展最快的一个部分，也是当前中国教育最大的一块短板之一。同时，陈宝生部长也提出，“努力提高幼师、保教人员的待遇，尊重他们的劳动。现在我们好多幼儿园主要指民办幼儿园，低工资、低待遇，一个幼儿老师2000元、3000元工资，不能安心从教、从保，幼师毕业的学生不愿到幼儿园去工作，这个问题也是必须解决的。”

常老师表示，她们这个圈子的“难姐难妹”都知道政府有在重视民办非在编的教师团队。但是，她们都害怕等不到好政策到来的那一天。“都说同工同酬，再怎样也不会在我们身上实现。”一个为之付出多年的职业，到了最后，不应该让人如此寒心。

“如果可以，我们希望政府也能看到我们这群老幼师的生存状况，让我们有一个好归宿吧。”

期盼春风度，期盼春风早度。

学者易中天先生曾发文写道：“我们要向那些一直充满爱心的幼儿教育工作者致敬。”幼师心中的热爱与坚持，不能再忍受现实一次又一次冰冷的鞭打。尊重幼师，提高幼师的待遇，保护她们的合法权益，愿这一天不会迟到。

（文中人名均为化名）

（文 / 黄颖琳）

六婶的前半生

六婶从菜地里走上田埂，走上水泥马路，朝马路另一边林林立立着的或高或低的房子走去。在这个村子里，似乎每个人与土地的连接都在逐渐变弱，那些从学会走路开始就在田地里打滚的人，在傍晚太阳的斜晖和徐徐的晚风中，抱着孙子孙女，立在新修的马路旁，望着不远处肆意生长着野草的荒地，向孩子讲述自己儿时、青年时、壮年时在土地上播下的种子和收获的希望。连接着荒地与马路的地段则显得更有生机，这几年陆陆续续有人在这儿开垦种菜，六婶就是其中之一。穿过两条巷子，那栋外墙没有装修的七十来平方米的两层小楼就是她家。如今，她一个人在这儿住着，丈夫在外打工，儿女都在外地工作、读书。

六婶有四个女儿、一个儿子——儿子最小。这样庞大的家庭或者说这样的家庭构造在村里很普遍，就为了生一个男孩。六婶说，她争的是一口气。她生下二女儿后，婆婆进进出出说着“老三心肠好，命里才得了两个儿子”的话。尽管1986年的《关于修改<广东计划生育条例>的若干规定的决议》中明确提出“农村人口”“严禁生育三胎和超计划生育二胎”，但村委会真正开始严格要求结扎却是在1999年的夏天了。她还住在老式的矮房里，门口种着丝瓜，藤蔓沿着搭起的架子攀上屋檐，饱满的丝瓜坠在遮盖天井的铁皮屋顶上，蓝色的铁门请邻居上了锁——儿子刚满月还发着烧，她和孩子们躲在屋内。村委会里有一位相识，刚拐进巷子口，就踏得化粪池的盖子咯噔响，开始喊道：“哇！丝瓜好大一条啊！”一个月后，她自己一个人去结扎了。“很多人劝我再生个儿子，我不想生了。”她说，“生孩子也会烦的。”因为超生，三个小的孩子直到2003年趁着人口普查才得以入户口，超生的罚款也一笔勾销。“我也没钱，要是几千块的罚款还可能东借西借地交了，十几万的罚款，上哪儿借？借不到，也就不怕了。”上户口那年，三女儿已经读二年级了，此前交学费都要多收一百多的超生费。如今，每年村里发200元的人口费，超生的孩子也不被算在其中。

六婶是在2011年农历十月份的时候搬进新房子的，74平方米的双层平房历经了四年才入住——其实，这块地从买入就显得异常艰难。六叔只是个普通的建筑工人，1996年月收入还不到一千，为了翻倍的工资，他有两年春节都在工地看守，没回家。尽管如此，微薄的收入也只够一家人填饱肚子，逢年过节，六婶偶尔得向妯娌开口借钱。也是这一年，村里开放更多土地卖给村民，四伯和五伯相继买地——那种一整座一百二十平方米的地，也为弟弟物色了这块地。没有钱，犹豫了很久，六婶想，这样的债得还到什么时候。

直到四伯向自己的老板借了两万块钱，又东拼西凑，借给了六叔，而这四万多块钱六婶每次几百元、一千元地还，还清时儿子都上小学四年级了。

2005年开始六叔在惠州工作赚了些外快，家里日子开始有些起色。攒下的钱不多，但六婶家着手盖房子了。设计图是六叔自己画的，施工请的是六叔的堂弟文龙叔，他是远近村子里小有名气的包工头，自己拉了建筑队，村里一半以上的房子都经过他的手。六婶在他的建筑队里当小工，干的都是体力活，和石灰沙子、搬砖、挑泥，村里干这类工作的清一色是妇女，只有砌墙、贴砖等技术活才是男性主导，工资从2002年的每天30元涨到2016年的每天150元。打地基、浇筑柱子、砌墙体、立门框，六婶每天早出晚归，看着房子从无到有，忙碌也欣喜。建完房子主体之后，因为没钱就停工了，直到两年后才再次动工装修，期间六婶还是隔几天就要到那儿巡视一番。装修几乎都选了最便宜的材料，六婶请四伯一起去挑瓷砖的样式——淡黄色泛着不规则的白，天井处嵌了一圈暗红色的瓷砖，成了整间屋子的亮点。新的家具只有一楼客厅里那套桌椅，3000元，老房子里的椅子是六叔自己做的——横平竖直的线条，像个箱子一样，也确实是个箱子，底层打开就露出藏在里面的锯子、锤子、螺丝刀。那是六叔曾经的吃饭家伙，他做过木匠、泥匠，为了讨生活每样手艺都会一些，却始终也没能“赚大钱”。

入宅那天，每个前来参观的人，在房子里巡视一遍都会夸奖房子气派，啧啧地赞赏夫妻俩，供那么多个孩子上学还能建房子，了不起。六婶说，多亏了某某人借给我一万、某某人借了我几千，才成就了此事，让她很满意，可也暗暗心酸。她想起了大女儿，玲高中毕业，在堂姐介绍下到深圳打工，录取通知书在她走后一个月送到门口，六婶原封不动地拿袋子装好，放在卧室的柜子里，锁上了。那个时候，房子只是个空壳。后来，房子快装修好的时候，二女儿去上大学了，本科。六婶还记得七月份在那间逼仄的老房子里，瑜歇斯底里的表情。瑜蹲在天井洗衣服，六婶站在她身后聊起报志愿的事，试探性地说了一句"要不就别读了吧，去你大姐那儿。"她没想到一向温顺的二女儿暴跳起来，吼了一句"不读就不读"，眼里全是泪水，又蹲下去揉搓衣服。第二天，她央求六叔六婶，"让我上大学吧，读最便宜的专业，我会去找兼职赚生活费的，你们帮我交学费就好。"六婶从前没想过孩子们能够上高中，甚至念大学，"能读到初中就读到初中吧，实在不行就去打工。"孩子们小的时候，六婶一直是这样想的。如果不是2005年九年义务教务普及到村里，每个孩子两三百的学费、书费就占了开支的大部分了。2013年，三女儿念高三的那年春节，六婶吃着年夜饭，告诉孩子们，借的钱都还清了，以后，六叔挣的钱供他们读书，自己赚钱供家里生活。六叔很释怀，要孩子们什么都别管，好好读书，他吃亏就是因为没文化。

六婶喜欢在年夜饭的饭桌上忆苦思甜，讲她从前的事。

六婶那时候还不是六婶，家里人唤她的小名"玉"，唯一一张年轻时候的照片上梳着两股麻花辫，长长的垂到腰间。她直到生了孩子才剪短了头发，因为孩子老爱抓那两股及腰的乌发。26岁时，在堂嫂介绍下嫁给了堂嫂家排行第六的弟弟，从此，后辈喊她"六婶”，长辈和平辈管俩人都叫“六”，只有娘家的叔伯婶母还喊她的小名。在她那个年代，26 岁是晚婚，同她一样年纪的人现在都抱上孙子了，她总是抱怨年轻时太顾及家里，迟迟不嫁，结果年纪大了，没得选才嫁了六叔，从前来提亲的某某人，现在多气派啊。

她在家排行第二，虽然有个哥哥，却生得矮小瘦弱，那些哥哥挑不起扛不动的担子就都压到了她的肩上。父亲身体不好，她心疼；哥哥身体弱，她心疼；两个弟弟和一个妹妹年纪小，她也心疼；母亲是战乱的时候从外地逃荒来的，即使生活了几十年，对这儿的风俗人情也一概不懂；老祖母当年因为大儿子偷渡“过番”去了香港，很长一段时间没了音讯，生生把眼睛哭瞎了。六婶天生是个要强的人，上要侍奉祖母，下要照顾弟妹，里里外外都势必要分条缕析。六婶讲起往事常很得意，当年她利落、聪明、活泼，又是长孙女，很得祖母和一众族人的疼爱，每年中秋煎油饺，祖母都把自己分到的三个金灿灿的油饺留给她。

她是家里唯一一个从没背过书包、念过书的孩子，七八岁的时候每天天不亮就起床给自留地里的作物浇水，白天跟着大人一起劳作，拿着簸箕跟在他们身后，拾掉落的稻子或遗漏的花生，也算半个工分。14 岁那年，家庭联产承包责任制的风潮也刮到这个偏僻的潮汕小村里了，排里开始分地，她发愁了。父亲要出门干活，母亲又不事家桑，家里的田谁来种？愁了整整一夜她就把这责任扛到自己肩上了。第二天跑去找邻居大伯，请教怎么闷稻种，多大的地用多少斤的种、多少斤的种加多少水，不同时节要种哪种稻，伯伯一边咻咻地笑她这么小个人就要种地，一边事无巨细地交代。等到闷种那天，她又请来伯伯看着，伯伯笑她是机灵鬼，转身就吆喝得街坊邻里都大加赞赏。算着播种的时日，和母亲两个人在地头上忙活了一整天，每天看着稻苗长高，心里就感到踏实。插秧前和母亲分头去请族里的婶婶伯母来帮手，这种迟一天就影响一整季收成的事情怠慢不得，顾不上早午晚饭，把自己也像那绿油油的苗一样扎进了地里。

六婶大半辈子都在侍弄农活，黄花闺女时做，为人妇也做。她也不是没有机会摆脱这样的生活。有一年大伯从香港回来，看着她小小的人在井边打水，半人高的桶沉沉的似乎要把她往井里坠，大伯大呼要死，给她做了个专属的小木桶，还问她要不要去香港，她回问到，“那阿嫲怎么办？”大伯便不作声了。又一年，嫁到深圳的姑姑回家探亲，想带她去深圳打工，她想到瞎了眼的阿嫲、对家里撒手不管的母亲，一身病痛的父亲，拒绝了。二女儿工作两年后，在离公司不远处租了一个单间，想接孤身一人的母亲同住，母亲听说，笑得黝黑的脸上褶子更深了，斑点一闪一闪的，说，“不要了吧，我一个人住自在，想吃什么吃什么，也不用操心你们。身体好了就去做工，身体不好就种种菜。”女儿知道母亲心里也想出去看看外面的世界，又恐惧又期待。六婶从来没出过远门，最远去过相邻的市，到认了同宗族里的墓地扫墓。六婶没学过普通话，孩子们上了学回家常常讲，她原本听不懂，后来也就慢慢找到其中的奥秘，偶尔学着讲一两句，发音比常年在外工作的六叔还准。六婶也没学过数学，没背过九九乘法表，但买菜算账时却比摊主还快还准，她自有自己的一套法则。

六婶直到2006年左右才停了种稻子，只种些番薯、土豆、玉米、青菜之类的作物。那时候已经很少有人家种庄稼了，少有的几块地招来了附近所有的麻雀——山上的寺庙兴做法，买了大批大批的麻雀放生，却让山脚的粮食遭了殃。种稻子太耗时耗力，打工一天也能买上一袋大米了。六婶在停种庄稼之前就开始到文龙叔的建筑队里当小工了，更早几年的时候，做的是“山工”。凡是有了些年纪，手头又有点钱的人，往往会先给自己修坟，这种热潮持续了几年，也就慢慢消退了。六婶当山工的时候，两个小的孩子还没上小学，也没钱上幼儿园。六婶把他们留在家里，从外头把蓝色铁门拴上，上了锁，这种生活直到阿公2003年搬过来住。2001年，大伯建了新房子，阿公吵吵着要去同住，大伯大妈不乐意。六婶知道阿公是喜欢热闹，就跟阿公说，等三伯建了新房子，搬出去了，你就搬到三伯的屋子里和我们同住。那时候三伯也在筹备着建新房子，即将从和六叔共有的这间老式矮房里搬出去。直到三伯搬出去了，阿公来问六婶，“当初说的话还算数吗，不嫌弃老头子吧。”阿公就这样住进了三伯的屋子，直到2004年的国庆期间去世。

六叔最大的遗憾是没能让父亲过上好点儿的生活，六婶同六叔有着相似的遗憾。六婶的父亲是在小女儿刚满月的时候走的，才60岁出头。父亲在世时最疼的便是六婶，每次领了工资，就买点儿鸭肉让女儿陪他喝酒，他喝白酒，女儿喝自家酿的桑葚酒。六婶每次坐月子，他都亲自送一个猪肚来，可惜他没能送来第五个猪肚。

六婶有时候会没有缘由地觉得，少了那个猪肚，所以自己没能给儿子好的奶水，儿子才那样多灾多病。长到十几岁了，还三天两头地跑诊所，村里所有医生都知道六婶家的儿子体弱，瘦弱的手背上隔几天就多一个输液留下的针孔。

六婶在怀着儿子时，天天忧心会不会又是个女儿。两年前生下小女儿的时候，原本满怀的期待就像灶台里的火被突然一盆冷水浇灭，她也不管刚出生的女儿的死活，任由她哭闹，只寻思着找户人家送了。六叔也不作声，女儿一哭就给她喂糖水，这是前几个孩子都没享受过的待遇。第二天一早，阿公来了，他知道添了个小孙女，也知道六婶的心思，他说："生了就要养，咱们家还没出过不要孩子的事，省我一口吃的也能喂饱这丫头。"

六婶常常感到欣慰和自豪，家里穷是穷了些，可孩子们读书成绩都好，从不用她操心，每次去学校，老师都不住地夸。那个一连教过六婶四个孩子的小学老师，如今在路上偶遇六婶，都热情地打招呼，询问孩子们的近况，虽然她早已认不出那几个孩子了。六叔则一向秉承着"健康第一，学习第二"的理念，尽管也希望孩子们成绩好，但每次通电话，都只是嘱咐注意身体，其他的有余力而为。

六婶如今53岁了，就像跟女儿说的那样，自己一个人住，身体好的时候就到文龙叔的建筑队里打打工，觉得累了，就在家待着。孩子们劝她别去工作了，她说，什么都不做在家像个废人一样，我就是个劳碌命，不干活哪儿哪儿都不舒服。晚上，六婶偶尔约上几个邻居，到村里的公园散步，这些妈妈们几乎都和六婶一样，丈夫儿女都在外工作读书。心血来潮时，她会用六叔留在家的旧手机和孩子们视频通话，虽然是今年春节刚学的，但已用得很得心应手了。

但无论去不去打工，每天起床之后六婶都要穿过公路，到菜地里浇水。今年种下的玉米已经有半个人高了，她期盼着女儿暑假回家，给她吃自家的玉米。

（文中人名均为化名）

（文 / 顾翠栋）

平凡海关人的漫漫三十载

新中国成立七十年的漫漫长路，数以千万计的平凡人，见证着祖国从艰苦贫寒到繁荣强盛的景象。有这样一位平凡、质朴、踏实本分、兢兢业业的海关人，一位站在祖国改革开放前沿的守卫国家的“国门卫士”，与万千中国人一样见证着新中国的磨砺与成长。

见证改革开放的喜与忧

凤岗，地处东莞市东南部，是毗邻繁华大都市深圳的一个小城镇。由于坐拥三面环深的黄金区域优势，而有着“深圳里”的响亮名号，凭借改革开放政策和地理区位的优势，这里的加工贸易曾空前繁荣，是国家重点打造的发展前景良好的产业基地。

3 月初春的广州，细雨绵绵，凉风阵阵，空气里弥漫着清甜的味道，万物呈现出一派生机勃勃的新面貌。春节过后，人们纷纷回到城里开始新一年的工作生活，街道逐渐又喧嚣热闹起来了。广州本地的公务员老张（化名）却开始收拾行李，背起大包小包的行囊，坐上大巴车，向着陌生的、未知的地方前进。高耸入云的楼宇在背后渐渐消失，成片的田野逐渐映入眼帘，越过层层山路，大巴车驶进了凤岗海关的大院，老张提起行囊下车，站在大门前凝望着写着“中华人民共和国凤岗海关”几个大字的牌子。

新春，新地点，新部门，新业务，一切都是新鲜的气象。综合业务科，这是老张在例行职务调动中即将开展新工作的地方，主要负责的是跨境电商的进出口审核等新兴业务，是一个新成立的科室。回忆三十年前刚进入海关时，那时的东莞，正是改革开放的大门刚刚打开，进出口代工贸易开始兴起的时候，从第一间仅有三十六个工人的小来料加工厂的落地，逐步变成有上万家进出口加工贸易企业的城市，老张和他那一代的海关人，是看着这个城市一步一步地繁荣起来的。

1988 年进入海关不久，老张进入到货物进出口监管科，见证参与了全国海关第一本加工贸易手册的发布和第一家镇办来料加工厂的建立监管。处于改革开放的最前沿，东莞、深圳这几个珠三角地区的城镇受到了国家对加工贸易的许多优惠政策，加工工厂从国外进口原材料、机器设备享受海关的免税政策，工厂提供廉价劳动力对原料进行加工再出口。这样的政策，给予了大大小小的加工贸易企业蓬勃发展的沃土，一时间这里成了闻名的加工贸易之都，工厂、企业的向好发展，推动了国家经济的发展，工业化水平的提高，也提供了大量的就业机会。老张为国家这样的发展趋势感到欣喜，作为在这个过程中曾参与监管的一员，作为一名守卫国家经济大门的“国门卫士”，他也十分自豪。

但经济快速发展的同时，也带来了一些令人忧心的问题，国家逐渐意识到加工贸易的发展会带来严峻的环境问题，加工贸易并不是推动经济发展的长久之计，许多加工工厂的发展是建立在牺牲地方环境的基础之上的。“那时候，东莞还是一个小渔村，四周都是田野，晚上下班还会去田里捉福寿螺吃呢。”老张回忆道，一方面是经济的快速发展，一方面是环境的破坏，“像一些电镀厂为了节省高昂的排放成本，直接将废水排入地底，地下水、土壤就这样全被破坏了”，对此老张感到十分的痛心，他忧心忡忡地说：“这是会危害到多少代人的情况啊，不知要多少代才能慢慢恢复过来。”

开拓新领域

老张是一个勇于开拓新领域的人，进入海关工作后不久，老张越来越意识到自己专业知识的不足，为了实现自己的大学梦，也为了能够掌握更多的文化知识更好地为工作提供帮助，他向单位申请了停薪留职，参加了高考，并远赴北方开启了求学之路。大学毕业后，老张利用学到的知识，更加努力地投入到工作之中，这一干就是十二年。

十二年间，在加工贸易的蓬勃发展下，国家经济得到了快速的发展，人民生活水平也逐渐提高。但是与此同时，一些快速发展带来的矛盾也逐渐凸显出来。经济在快速发展，管理的方式方法与模式却没有及时跟上来，许多矛盾、问题被激化，国家也逐渐意识到了这些问题，开启了整顿、肃清等一系列举措。在这样的发展形势下，熟悉业务操作流程的老张被单位选中调入监察部门，对机关内部进行自我内部管控。一直在业务领域工作的老张，迎来了新的挑战。纪检监察在当时的形势下是一个非常艰巨的任务，面对已成行成市的一些违纪行为，通过内部人员管好内部人员、事务是一个“得罪人”的工作。“这个时候，你面对的不再是所监管的企业的人员和成批的货物、报单，而是跟自己内部的人员打交道，跟人打交道可是最麻烦的事情。”虽然嘴上这样说着，但老张并不畏惧，世上无难事，既然单位将这样一个任务交给他，他便勇敢面对，认真对待。在监察部门的八年里，老张跑遍了全国各地，协助处理了大大小小的违法乱纪案件。

当年，加工贸易繁荣，上万家工厂在东莞落地，口岸每天一个车检厂的放行量可达近万辆，在人手和车检厂有限的情况下，排队待检的车辆常塞在马路上。然而，这对讲求速度的国际贸易来说会造成巨大的损失。因为通关的车辆赶往香港的码头，搭乘每月仅有一趟的国际班轮运送货物，如果赶不及，就只能等上一个月或是绕远路运送。因此在生产完订单货物后，工厂需要马上赶货，若是在口岸被卡关，就会浪费几天的时间，甚至由于一些官员的恶意卡关，整笔订单都会面临废掉的风险。在这样的情况下，一些企业为了节省时间，提高效率，不择手段地选择了花钱买速度，去贿赂相关人员，通过定时的贿赂，得以高效的通关速度。一次，某工厂的货柜车在通过口岸车检厂时第一时间办理，第一时间放行，这引起了监察人员的怀疑，几年后，由海关的缉私局发现，多年来这间工厂存在着上亿元的走私行为，在对案件进行调查时，一本记录贿赂通关人员的“秘密手册”被搜查出来，由此内部人员的违法乱纪行为被曝光，监察部门与缉私局联手一案双查，从内部和外部查明腐败走私行为。

回想起当年，通过这一案件查办了几个科室，开除了几十个相关人员，老陈不免唏嘘感叹，从整个社会大环境来看，这些违反乱纪行为的发生，很大程度上与管理制度和硬件安排没有跟上经济的飞速发展有关。

国家快速发展的同时，矛盾问题也会不断涌现，老张深谙这个道理，他既为国家的欣欣向荣的发展感到高兴，同时也为自己能在其中解决问题、缓解矛盾而努力着。在监察部门工作的期间，他认识到了具备规则意识、法律意识的重要性，并把这一认识贯彻到工作中去：“无规矩不成方圆”，在享受发展成果的同时，我们也要承担应该必要的责任，遵守社会规则。

不畏困难 继续前进

二十年前，老张离开了管理加工贸易的业务部门，期间辗转了监察、后勤等几个部门，也远离了海关本质的进出口贸易、关税监管业务。二十年间，国家经济飞速发展，社会瞬息万变，中国的制造业、加工业转型发展，自主生产力、创造力增强，中国的对外贸易、投资拉动着全球经济的发展，我国已成为全球货物贸易第一大出口国和第二大进口国，成为了名副其实的制造大国、贸易大国，中国的国际影响力不断提高，在国际舞台上展现着越来越重要的作用，与各国开展的国际交流合作不断加深。海关作为守卫国家经济大门的“前线”，时时刻刻关注、见证着国家的繁荣发展与变化。

二十年后，老张来到新设立的综合业务科，回归到海关业务。这一次的工作调动，他离开家人，离开了多年的工作城市，来到一个陌生的地方，回到多年未曾接触过的工作，他感到些许的难过与不安。面对着久违的业务工作，老张感到有些陌生，同时他也为这二十年间的巨变感到惊讶。在新经济形势的发展与互联网信息技术的飞速发展下，电子商务迅猛发展。相较于国外，我国的电子商务虽然起步较晚，但它的发展仍然非常快速，庞大的人口基数带来的庞大消费群体，先进的互联网技术为电子商务的发展提供了主要基础和动力，跨境电商便在这基础上得以发展。来到新科室，老张主要的工作就是负责跨境电商的审查与管理，回想起二十年前管理进出口货物时，每天奔走在码头，查看各种各样的货柜，再到如今许多审查步骤都已数据化、自动化，他感受到了科技发展所带来的便利。

在感受到快速发展所带来的便利的同时，全新的业务方式也给老张带来了不小的压力。一方面，自己已多年不在业务部门，缺乏实操经验，许多业务知识早已生疏，在工作中不免时常碰到不懂的地方；另一方面，电子商务作为一个新兴业态，在规章制度方面仍有一些不完善的地方，许多报关人仅是小商贩，不是从前企业里专派的那些专业人士，在管理监管上仍存在一些难点。时隔二十年，终于回归了海关业务，做起海关人的本职，这是困难，也是挑战。

老张最初做的是旅客检查，那时国门刚刚打开，一批港澳人士纷纷回乡创业、探亲。回到阔别多年的故土，首先遇到的最大困难便是语言问题，当时回乡的人们基本上都是讲粤语，对普通话一窍不通。小时候在北方长大的老张自然对粤语也是不熟悉的。语言的障碍必然会对工作带来很多的麻烦，于是他开始自己苦练粤语，少言寡语的老张逼迫自己与同事、回乡的旅客们用粤语沟通，渐渐地掌握了一口流利的粤语。老张认为，工作中自然会遇到许多困难，关键是要有一个不断学习的心态，勇于去克服困境。

老张想着如今既然重新回归了海关业务，那就抱着学习的心态去解决面对的困难与问题。虽然部门才刚成立不久，许多问题便已凸显出来：由于经营电子商务的商人中有许多个体、散户，他们并不了解海关的许多规章制度，因此在通关手续上不免出现缺漏，使得整个过程变得烦琐；还有由于知识产权法律法规的不健全，产生了许多产权纠纷事件，等等。但是，在相关规章制度和国家知识产权海关保护法规的不断完善下，许多问题变得有法可依。刚来到新部门的老张，仍在熟悉业务的过程中，但他相信只要虚心学习，并在实践中积累经验，他就有信心带领团队去解决这些困难。

感受时代的变化

2019 年是新中国成立七十周年，一代又一代国人跟随着国家的发展脚步成长起来，七十年过去了，社会发生了翻天覆地的变化，经济飞速发展，中国成为世界主要新兴市场国家之一，是世界第二大经济实体，在国际舞台上发挥着重要的作用。科技创新水平提升，城市化进程加快，水平人民生活水平不断提高。回看新中国的发展变化，老张在感到惊讶的同时，也为祖国感到骄傲。

“我们这一代是深刻感受到了在改革开放后祖国的繁荣与变化的。”在西北内陆长大的老张，在初中时跟随父母工作调动来到广州，在广州成长的几十年里，他见证了这座城市的繁荣与巨变。二十多年前的天河，与如今繁荣的珠江新城 CBD 车水马龙、霓虹璀璨的模样截然不同，那时的天河不过只是当时广州市的郊区罢了。回想起自己中学时代时的天河，那时候学校附近都是大片大片、一望无垠的农田，还有各种各样成片低矮瓦房连起的工厂大院，“现在的孩子都体会不到什么是大院生活了”。回想起在大院的生活，老张笑着说，大院不像现在的小区，内部封闭性没有那么强，家家户户的互动性很高，一到放学时间，同一个大院的孩子们就会聚到一起玩耍，到了晚饭时间，大家就各自回到家中。“那时候，大院还会放露天电影呢”，老张说着自己和三五伙伴从家中搬来小板凳，和家人邻居聚在一起看电影的往事，这样的情形，在如今已经难以想象。

如今，看着周围越来越多的高楼大厦拔地而起，天河从广州的郊区变成了繁华的市中心，变成了车水马龙、灯红酒绿的闹市，看到珠江新城一栋栋高耸入云的高楼，夜夜灯火通明的街道，老张为这其中的巨变感到惊讶，放眼望去都是农田的景象似乎还只是昨日。“我们那时候把进广州戏称作进城，每逢周末人们就会互相问，你周六进不进城呀？”越秀区、东山这些现在被称为老城区的地方，是当时盛极一时的市中心，远在郊区的人们常会在周末由工厂统一发车进城采购物资。当时的天河是聚集了广州无线电厂、棉花厂、绢麻厂等几个大厂的厂区，大家都居住在工厂大院内，大院内各种基础实施齐全，过得是自给自足的生活，一个大院就是一个小社会。如今随着经济的发展，城市化的进程，人们的生活脚步也越来越快了，每天人们都奔忙在各种各样的事务中，下班回到家，门一闭就与世隔绝了。他叹息道，这些年看着高楼大厦一栋一栋建起来了，但人与人之间的墙壁也竖起来了，交流也越来越少，现在人人手里都拿着一部手机，不管是在街上还是家里，人们都沉浸在自己的世界里。每提起儿时的大院，老张都无比的怀念那简单的、热闹的、无忧无虑的大院生活。

作为一位处于时代发展洪流中的平凡人，老张深谙踏实本分的工作，就是为国家发展“添砖加瓦”的最好的方式。“罗马不是一日建成的”，新中国走过了七十年的漫漫长路，一路上有挫折也有惊喜与收获，发展的脚步永不停歇，老张和每一位国人一样为祖国成立七十周年感到自豪，也无比期待着祖国的未来更加富强、和谐。

（文中人名均为化名）

（文 / 朱嘉祺）

流浪教师

教师，或者通俗一点称为老师，在人们看来是一个光鲜亮丽的职业。春风化雨、桃李天下，又或是春蚕到死丝方尽，蜡炬成灰泪始干，人们用最高尚的言语来赞颂这个职业。

“已经进入高考三十天倒计时了，还想学的同学真的要抓点紧，最后一个月搏一搏，拼一拼，考上个一本，不要整天坐在教室里就是睡大觉！”

站在教室门外，就能听到老马的声音传遍整个走廊。

这是2018年五一节假日的末尾，高三学生并不能真正享受三天的五一假期。和他们一样的是高三的老师们。

老马是浅黄中学高三（十）班的班主任，但她站在教室的讲台上，更像是一个女将军。她穿着淡蓝色的短袖，下身穿着一条干练的牛仔裤，扎着短马尾，目光炯炯有神，扫视讲台下的同学时，就像是统帅在清点他的士兵那样，犀利的同时又带着慈爱。

“他们是我的学生，我是他们的班主任，他们就像我的孩子，我自然要对他们负责。”老马平静地说出这句话，一边整理手边的试卷。

然而，高三（十）班并不是一个让人省心的班级。在高二文理分科时，全年级成绩最差的学生都被分入了高三（十）班，而老马又一次临危受命，接手了这个班级。

“学校信任我，所以每次都把最调皮的孩子给我来带。”老马说这话时，欣慰的笑中似乎又带着点自嘲，“成绩差的孩子不代表脑子不好，只要肯学，成绩一定能上去。”

江苏作为教育大省，每年向全国的高等学府输送了大量高材生，而其高考的难度一直为人所关注。千军万马过独木桥，江苏地区的高中，尤其是重点高中对于学生的学业更是不敢懈怠，争分夺秒提成绩，绞尽脑汁减假期，时间对于这些孩子们而言和金子一样珍贵。而高三（十）班的部分同学们，最开始并没有理解高考的重要性，这给老马带来了巨大的压力。

“刚刚接手的时候，那真的是很难。孩子们基础比其他班差，又爱玩，不上进，不说超过别人，要赶上别人都要费很大的力气。”老马回忆起刚刚接手十班的日子，笑容中难免有些苦涩。

“所以才要奋起直追啊！同学们不努力，我老马不能懈怠。我在浅黄高中工作了二十多年，做了二十年的班主任，同事们都喊我老马。老马老马，我的班必须得一马当先！”老马似乎对“老马”这个外号颇为自得，岁月在她的脸上和发梢留下了痕迹，也把她从“小马”变成了“老马”。

每天五点半起床，赶到学校监督同学们上“早早读”，之后才能去食堂吃早饭。除了完成课表上的课程外，老马还坚持和同学们一起做课间操，午间习题时间也在教室批改作业。到了晚上，看班完后已是十点半，每周查三次宿舍，经常十一点半才能回到家。40岁的老马似乎精力非常旺盛，这样的作息她一坚持，就是二十年。

“我觉得做老师非常光荣，讲课时候我都充满激情，如果老师都没精打采的，同学们哪来的精神呢？”老马说。

“现在某些老师们积极性不太高。”在食堂吃午饭时，老马夹起一块鸡肉，边嚼边说，“说实话，我们公办学校的工资的确不高，工作量又大，相比私立学校肯定是不如他们。有的老师说一天二十四小时几乎不着家，孩子都看不上几眼，这老师做的和‘流浪’一样。我的小孩早去念研究生了，但一天在家的时间的确寥寥无几，说是‘流浪’也有那么一点意思。”

“好在还有一批有朝气的学生，每天能给他们上课，看到他们有进步，一天天成长，不然就真的是在流浪了！”

当问及薪资时，老马几乎也是毫不避讳：“我和我家老朱都是学校老师，都教英语，我是班主任，比他要高一点，常州虽然是个小地方，但也在苏锡常经济区，物价也不低，钱还要供小孩念书，还要养家里的老人，应付各种事情，经济状况并不是很乐观。好在我们家不靠这个工资养活，不然可真得流浪了。”

说到这，老马会心地一笑。

一道打口，几番动身

2002 年，打口碟成了 80 后年轻人的时髦玩意儿，那时 17 岁的袁林也四处搜集打口碟，把另一块大陆上的性手枪、枪炮玫瑰和 Bob Dylan 视为偶像。

2016 年，大多数年轻人已不再听闻打口碟，而袁林收藏的碟片在经历几次搬家后也遗落各处，所剩寥寥，但他依然称自己是“打口一代”。

从故乡到理想城市

2002 年 11 月，重庆奉节县进行了三峡库区最大规模的爆破，奉节县的居民有些被安置在新修的县城内，还有些迁往浙江、江苏和广东各省。

来不及留恋，奉节县的人们赶着打包行李离开这片祖祖辈辈生活的土地，袁林也随大部队迁徙，来到了新县城。

对新县城没有归属感是自然的，因为自那不久袁林就去西南师范大学上学，主修地理专业。大学里的他依然保持着收藏打口碟的爱好，大二那年跟着同学坐火车南下深圳淘碟。在深圳华强北的电子商厦中，沿路不断有人向他们招呼着："要盘吗？要盘吗？"袁林跟着其中的一人，七弯八拐地走进了一处隐蔽的居民楼。在一所民宅里，他见到了摆满整面墙的打口碟。

国外唱片公司过量生产，为了清理库存只好对碟片进行打口销毁，这些打口碟随后以塑料垃圾的形式进入中国。有心人发现这其中的许多打口碟还能播放，很快就向年轻一代推广，打口碟也因此在这代人中风靡起来。

上小学那年，袁林就接触到打口碟，他从 Bon Javi 的摇滚入门，后来逐渐开始收集打口碟。"对一个在县城生活的青年来说，音乐可能是连接你和外部世界的唯一一扇窗。"

毕业后，他去了重庆一所中学当教师。在某节地理课上，袁林正在课堂上向学生们讲解河谷地貌的知识。讲到一半时他停下了，心想："我们生活在长江边上，这不是现成的材料吗？"于是在未经报批的情况下，袁林带着一群孩子到户外上课。这件事后来传到了学校教导主任那里，教导主任认为没有事先报备，仓促带学生去户外，存在安全隐患，对于这种批评，那时年轻气盛的袁林怎么听得下去，他当即向学校递交了辞呈。

离开重庆的中学后，袁林不想再待在城市里，就去了成都的郊区新津县。那是四川省最小的县城，开车横穿县城只需要十几分钟。

县内有个民用机场，因此新津的楼房都修得很矮，整个县城可以说是“破败”了。但袁林看到的不止这些，整个成都尤其是郊区人们慢悠悠的生活节奏，没事就会打打麻将逛逛街。“成都的音乐氛围也很好，很多音乐人在小酒馆里齐聚。”他想，这大概就是他心中理想城市的模样了吧。

故地重游，记录真实

袁林喜欢纪实摄影，常常在新津县的一个菜市场里取景。“人文摄影就是拍我们身边的东西，我不想把摄影当作一个猎奇的过程。”袁林说。

袁林镜头下的小孩，表情往往流露出十分复杂的情感。他喜欢拍小孩，认为小孩的表情更加真实。“孩子的脸是这个社会的缩影，成年人善于伪装，而孩子不会伪装。”几年拍下来，袁林最满意的照片的主角仍是一个留守儿童，他的父母去外地打工，爷爷骑着三轮车来接他放学。小孩把脸贴在玻璃窗上，眼睛望向镜头，神情黯然。

在新津，袁林又回到教师岗位的原因。他再次走上讲台，成为新津当地的一所高中的地理教师。在重新回到教师岗位的最初一段时间内，他成了广受认可的赛课高手，拿下了“成都市十万教师大比武”的第一名。

不久后，在那所高中的实验楼里，一个 100 平方米的空教室被改造成书吧，添置了几件新家具，墙面也被粉刷一新，各种门类的书整齐地码放在书架上，供校内的师生阅读。而为了这个书吧的建成，袁林花费了不少心力，每一本书都是他精心挑选的。校长想让书吧成为学校对外展示的窗口，而袁林则希望它成为“学校的一个精神坐标”，尽管出发点不同，但最终也算促成了这个书吧的建成。

《伤花怒放》是袁林最喜欢的一本书，郝舫在书中用一种极感性的笔触叙说西方摇滚乐的历史，而这本书也成了袁林这一代人的音乐启蒙读物。“我想让学生学到摇滚乐的内核，那是一种个人精神的独立和自由。”袁林把《伤花怒放》放到了书吧的书架上，郑重地推荐给他的学生。

到了不得不逃离的时候

这几年，袁林一直保留着去菜市场拍照的习惯，但他发现抓拍到符合他所追求的美学意义的照片越来越难。随着智能手机在这座县城的普及，镜头下的人的姿势越来越趋同，大都低着头沉浸于智能手机里的虚拟世界。袁林知道，这或许正是反映这个时代的真实影像，“工具会深刻地改变人类”，但他寻找美的历程也多少显得有点索然无味了。

如今，自称“打口一代”的袁林已经进入而立之年，而那些曾经陪伴他度过青春年华的打口碟丢失的丢失，被送走的被送走，剩下来的已经寥寥无几。现在的袁林，听音乐的方式也与大多数人无异，点开手机的音乐客户端，搜索自己想听的音乐。

“仪式感差了，因为现在的东西都是随手可得。”袁林怀念起以前听音乐前的一系列准备，将黑胶唱片取出，慢慢地放进唱机，每一步的动作都要十分小心，生怕将唱片划花。“那种感觉其实很好。”

当一首《成都》将袁林身处的城市的景致推到大众眼界中的时候，袁林的音乐口味刚刚转向了世界音乐。从第一次听打口碟到现在，袁林的音乐口味发生了几次变化。一开始他听流行摇滚，从Bon Javi 和枪炮玫瑰开始听起，入门后他听的音乐越来越重，从朋克到重金属到死亡金属，他都听。接着他开始回归到民谣、后摇滚、后朋克和氛围音乐等轻一点的音乐，后来的一段时间他又拾起了蓝调、爵士乐。

“听地下音乐的人对《成都》这种是没有什么感觉的。”他急于跟当下的流行民谣撇清关系，话里带有些微的傲气。

自从袁林离开那所学校后，再也很少有人踏进书吧，唯有书架上摆放画像中的铁托、Bob Dylan 和 Allen Ginsberg 依然目光炯炯。

2017 年 1 月 10 日，袁林变卖了成都的房产，带上家人前往重庆。在离开前，袁林为女儿拍了一张照片，她的半张脸被口罩捂得严严实实，露出的双眼充满了天真和无辜。

如今，袁林加入了重庆当地一家推广创新教育的机构，在其中担任制片人，主持拍摄介绍国内教育创新的成功案例和以推行教育变革的教育人为访谈对象的节目。

正如袁林最喜欢的乐评人颜峻在《再见，打口的一代》一文中所写到的：“打口的一代和一个夹缝中的时代一起，渐渐远去，我们再见吧。只要有新的路，我们就还有新的行走。”

（文 / 黄婷）